La dernière
des Américaines

Écritures

Collection fondée par Maguy Albet
et dirigée par Jérôme Martin

Exigence et singularité. « Écritures » est la collection littéraire phare des Éditions L'Harmattan.

Ann Fen, *Villa Remember*, 2025.
Muriel Laroque, *Un écrivain désemparé*, 2025.
Roland Marcuola, *D'ici on entendait tout*, 2025.
Martine Constantin, *Cassandre 2.0. Les liaisons artificielles*, 2025.
Henri Mahé, *Les aventures coloniales singulières de Simon Cheneau à Madagascar*, 2025.
Jacques Layani, *La* Konspiratsia, 2025.
Philippe Molto, *Des coquelicots dans la tête*, 2024.
Michèle de Villepin, *Le cahier de solitude*, 2024.
Erdosain, *Sans répit. Portrait d'un aventurier*, 2024.
Hervé Jovelin, *Évangile de l'imbécile*, 2024.
Mamadou Mahmoud N'Dongo, *Furia*, 2024.
Elisabeth Hennebert, *L'abécédaire*, 2024.
Maela Paul, *Bientôt viendra le jour*, 2024.
Christian Marion, *Marseille, piège d'architectes*, 2024.
Sabine Olewkowiez Cann, *Les couleurs du désir*, 2024.

*
* *

Ces quinze derniers titres de la collection sont classés par ordre chronologique en commençant par le plus récent.
La liste complète des parutions, avec une courte présentation du contenu des ouvrages, peut être consultée sur le site www.editions-harmattan.fr

Jeremy Ghez

La dernière des Américaines

Chroniques d'un monde parallèle

L'Harmattan

Du même auteur

États-Unis : Déclin improbable, rebond impossible, VA Press, 2018.

5-7, rue de l'École-Polytechnique - 75005 Paris

www.editions-harmattan.fr

ISBN : 978-2-336-55199-9
EAN : 9782336551999

À tous les Américains qui y croient, encore et toujours.

Ce roman est une œuvre de pure fiction.

L'Amérique pourrait fêter, en 2076, son tricentenaire.

Si les passions tristes de son peuple n'en décident pas autrement.

Toute ressemblance avec des personnages et des faits existants ou ayant existé est parfaitement volontaire.

Vous pouvez toujours compter sur les Américains pour faire ce qu'il faut – après avoir épuisé toutes les autres options.

– attribué à Winston Churchill

AU COMMENCEMENT

Elle a les yeux grands ouverts. Elle est parfaitement consciente de ce qui se joue, dans ces derniers instants de sa vie. Alors les nuages s'écartent, le soleil réapparaît. La lumière inonde le terrain vague, sans être éblouissante ni harcelante. Elle est même surprise par le sentiment de bien-être qui l'envahit, face à cette lumière qui l'a si longtemps terrifiée. Cette lumière qui lui est enfin agréable, cette issue fatale qui ne suscite en elle aucune forme de colère ni de révolte.

Avant de comprendre la raison de cette sérénité qui ne lui ressemble pas…

CHAPITRE 1

Ashli passe une bonne journée. Kurt, son mari, ne l'a pas frappée aujourd'hui. Ni insultée, ni humiliée. Il ne lui a même pas crié dessus. Non, il est rentré tard hier soir et s'est affalé sur le canapé du living-room, ce salon qui a autrefois été le théâtre de leurs ébats et qui est désormais le ring de leur affrontement. Ivre mort, il s'est vite éteint. Sa colère et ses griefs envers elle, envers le voisinage, envers le pays et le monde entier avec. Lorsqu'elle quitte la maison de bonne heure, ce matin, il ronfle avec constance.

L'air est encore respirable à Franklin. Il fait même un peu frais. C'est tellement rare qu'Ashli est prise au dépourvu par cette surprise matinale. Elle est sur le point de rebrousser chemin pour se changer : elle a mis sa longue robe blanche très légère, ornée du discret logo d'une marque qui n'ose faire que dans le sobre désormais. Elle se demande si elle n'aura pas froid. Mais elle renonce : autant en profiter, tant que l'atmosphère n'est pas trop étouffante.

Elle réunit toutes ses forces pour ignorer la tache de sang que sa main blessée a laissée sur sa robe et pour gagner sa Prius, stationnée juste en face de chez elle. Le calme règne dans ce quartier réservé aux anciens administrateurs de la ville. C'est l'un des derniers îlots privilégiés du coin : tout le monde connaît ses habitants et semble les respecter, même si le reste de la ville paraît oublié ou ignoré, et parfois méprisé même. On s'en indigne parfois, mais ces élans s'évanouissent aussi vite qu'ils surgissent. La résignation, elle, a le mérite de ne pas trop attirer l'attention.

Elle doit franchir la chaussée, pour rejoindre sa Prius, son véhicule qui pourrait l'emmener loin d'ici. Mais pour Ashli parfois, une rue à traverser, c'est comme un virage difficile à négocier, un parcours d'obstacles à parcourir. Comme si des poutres métalliques, suspendues dans les airs, se balancent avec une lenteur menaçante, selon un mouvement aussi imprévisible qu'inexorable, et entravent son chemin. Elles sont prêtes à frapper, à assommer celle qui était, autrefois, une notable de la ville.

Le silence aurait pu l'apaiser. Mais même quand le reste du monde se tait, Ashli perçoit les murmures et la désapprobation des autres. Ces voix discrètes qu'elle fait semblant de ne pas entendre, mais qui l'écorchent de l'intérieur. Ces chuchotements qui sous-entendent qu'elle n'est pas celle qu'elle prétend être, qu'elle ne s'est pas conduite pas comme elle l'aurait dû. Mais désormais, tout cela est hors de sa portée.

Alors, dans un effort quasi surhumain, Ashli prend son élan pour gagner sa Prius. Elle est décidée à passer une bonne journée. Elle prend le temps de bien inspirer l'air tant qu'il est encore respirable. Son rituel du matin, face à ce véhicule qui lui sert autant de refuge que d'anesthésiant. En dépit du regard des autres. Elle tente de dresser, dans sa tête, une feuille de route pour l'heure, les minutes à venir. Avec une stratégie, s'élancer devient plus facile. Elle respire, elle expire, ses deux pieds, protégés par des chaussures autrefois blanches, cloués au sol, afin d'endiguer tout risque de déracinement. Rien de pesant aujourd'hui, Ashli essaye de s'en convaincre. Mais le passé n'est jamais loin. Ce matin encore, elle doit chasser le vague souvenir d'un virage pris trop tardivement, d'ambulances et de séquelles dont on ne parle plus vraiment et sur lesquelles il vaut mieux ne pas s'appesantir.

Une fois qu'elle est enfin assise dans sa voiture, l'atmosphère change radicalement. Malgré les traces d'autrefois qu'il accumule, malgré cette odeur de renfermé, le véhicule offre un microclimat protecteur, grâce à la climatisation, contre la chaleur qui envahira dans quelques instants la ville. C'est un microcosme à lui tout seul, réunissant les derniers fragments de l'histoire ancienne qu'elle peut contempler, en toute sécurité. C'est l'endroit où elle sait que son dialogue intérieur, seul refuge depuis la fin de la crise, ne sera pas interrompu. Il suffit de mettre un peu de musique, de monter le son de la stéréo, et la confiance en soi revient vite, alors que la caféine commence à envahir, en mode accéléré, son corps qui refuse de se décrépir. Cela se passe toujours ainsi. Ashli a beau être surprise, à chaque occasion, de son état d'esprit qui se transforme, elle en vient presque à être épatée de son propre étonnement…

Goldsboro Express, de Johnny Coltrane. La batterie en ouverture donne le ton. Comme quand on prend son élan au début d'une course dont on connaît le point de départ, sans pour autant deviner l'arrivée. Dans une improvisation de jazz, on ne sait presque jamais quelle note suivra. La partition reste à écrire, à chaque instant. Tout n'a pas forcément un sens immédiat. Surtout quand le destin décide d'improviser un peu. Plutôt que de croire au karma, elle préfère s'en tenir au désordre et à l'aléatoire. Ce chaos détonant fait tellement écho à son univers qu'il a quelque chose de rassurant, finalement. Au loin, l'horizon s'éclaircit, le soleil se lève et accompagne l'espoir qu'un jour, tout ce chaos prendra sens. À l'abri de l'air conditionné de sa Prius, Ashli devine la chaleur pesante qui s'installe progressivement sur la ville. Mais qu'importe. Cela fait bien longtemps qu'elle ne s'est pas sentie aussi ouverte au reste du monde, pense-t-elle.

Peut-être parce qu'elle n'a pas dû gérer Kurt ce matin.

Ou peut-être parce que le destin lui offre un dernier de moment de sérénité, une dernière illusion de calme. Un dernier espoir de donner du sens à ce qui n'en a jamais eu.

Parce que dans quelques jours, Ashli va mourir.

Cela, elle ne le sait pas encore, bien entendu. Pour l'instant, le feu est vert. Alors, elle avance.

CHAPITRE 2

Il y avait autrefois de la ferveur dans ce pays. Une envie de débattre, de se disputer, puis de se réconcilier autour d'une bière. Afin de décider si quelqu'un était fréquentable ou non, on retenait souvent d'ailleurs ce critère, justement : voudrais-je boire un verre avec lui ? Il n'était pas rare de choisir un président américain selon cette règle. La technologie promettait d'être une force organisatrice du mouvement : on pouvait se rapprocher d'autres personnes qui nous ressemblaient et qui devenaient ainsi des membres de notre tribu, même en ligne. Les distances géographiques n'avaient plus d'importance. On pouvait s'adresser au monde entier. Et il y avait une promesse, celle de la transparence : Internet empêcherait les erreurs et interdirait de mentir, puisque toute l'information serait désormais disponible, à la portée de tous.

Mais la technologie n'a pas été la force centripète que l'on espérait. Elle a dressé les tribus les unes contre les autres, en grossissant les différences et en réduisant à néant les dénominateurs communs d'une nation qui a commencé à trembler, sans même s'en rendre compte. Elle a consommé beaucoup d'énergies… Les camps opposés se sont filmés afin de mieux se moquer et se dénoncer les uns les autres. Ils ont déformé les propos de leurs adversaires, ils se sont accusés. Ils ont humilié. Ils ont harcelé. Ils ont détruit des carrières. Ce qui aurait pu rester des querelles locales a pris des proportions nationales. Les personnalités les plus excentriques, les plus originales et les plus créatives n'ont plus voulu parler, de peur de perdre leur place dans la société. Et c'est ainsi qu'on a perdu une société tout entière, devenue plus médiocre, plus ennuyeuse et plus prévisible – jusqu'au moment où elle s'est effondrée, dans son intégralité. La conversation avec soi-même est devenue le meilleur moyen pour survivre.

Pour atteindre le supermarché qui se situe à l'autre bout de la ville, Ashli doit prendre l'artère principale, la seule que les habitants de Franklin fréquentent encore régulièrement. Son regard fixé à l'horizon lui permet d'ignorer les soupirs et les regards en coin de ceux qui « désapprouvent » : la voiture étrangère, le style de vie, les choix d'hier, à la tête du conseil municipal, pour sauver ce qui pouvait l'être.

Cela fait bien longtemps qu'Ashli ne prête plus attention à cette désapprobation. Non pas parce qu'elle prend soin de l'ignorer, mais parce qu'elle s'y est tellement habituée qu'elle fait désormais partie de son décor, de son ADN, de son sang même. Cette violence devenue si habituelle, si quotidienne finalement.

Un feu rouge. Le temps pour Ashli de laisser son regard s'attarder sur le bracelet que son père lui avait offert. La reprise de la batterie du côté de Johnny

Coltrane. Le temps de laisser la nostalgie lui chatouiller les doigts. De caresser du regard cette photo défraîchie, qu'elle garde, malgré elle, sur le tableau de bord de la Prius : le sourire éternel de son père. Feu vert. La trompette reprend, plus rapidement encore.

Elle n'a pas rejoint l'autre bord, les traitres, après la dissolution du conseil. Elle ne pouvait pas se déshonorer ainsi, et elle en est fière. Ou soulagée. Dieu sait que la tentation avait été grande chez certains dont la colère avait remplacé la raison – mais pas chez Ashli. Pour autant, plus personne n'a le monopole de la respectabilité ni du patriotisme dans ce pays, à ses yeux. Ceux qui le revendiquent, loin de Franklin, dans la capitale du pays, lui semblent bien ridicules : nul ne les respecte, désormais, maintenant que les Américains se sont regroupés dans différentes localités isolées, selon leur vision du monde et du pays, leurs valeurs et leurs attentes de la société. Mais cela, on n'en parle pas. Pas après cette tempête furieuse que le Grand Chaos a engendrée, et alors que l'apaisement est désormais de mise. La culture familiale avait encouragé Ashli sur la voie de l'engagement politique. Elle était destinée à devenir une grande figure à Franklin. Mais comme elle a pu l'apprendre à ses dépens, le destin prend aussi des virages inattendus en provoquant des tourments inopinés.

Arrêt inattendu : le trou dans la chaussée est devenu trop gros, rendant le chemin impraticable. Il faut faire marche arrière, avec beaucoup de concentration et de prudence. Ce n'est jamais une bonne nouvelle de devoir faire marche arrière dans cette ville, mais là, on n'a pas le choix. On emprunte le chemin plus long. Et on continue, le pied sur l'accélérateur. Coltrane fournit les encouragements nécessaires.

Afin d'afficher son patriotisme, elle a autrefois tenté de doubler la mise, en entretenant ouvertement une méfiance viscérale envers tout ce qui n'était pas américain, et même local, réaffirmant ainsi sa foi patriotique et sa propre authenticité. Un cercle vicieux. Un effort harassant, dans la durée. Et surtout, un exercice qui ne permet pas d'être aussi patriote et authentique qu'on le croit. Maintenant, le rideau est tombé avec les récents événements. Le malaise a laissé place au doute qui se transforme lentement en torture. Toujours la même peur de ne pas avoir emprunté la bonne voie, de ne pas faire ce qu'il faut pour être une citoyenne, une femme honnête. De ne pas être en mesure de respecter l'engagement qu'elle a pris envers la ville, son père. Et elle-même. Tourmentée par l'imperfection du monde qui l'entoure, par ses propres imperfections, elle voudrait être investie d'une mission, connaître sa raison d'être.

Mais dans l'immédiat, elle doit freiner. Brusquement.

Maddy, la plus connue des sans domicile fixe de Franklin, s'est encore jetée devant sa Prius.

– C'est donc toi ? Tu es venue nous sauver ?

Nous autres, civilisations, nous savons maintenant que nous sommes mortelles.

– Paul Valéry

CHAPITRE 3

Toujours le même manège, et cette phrase incompréhensible. Ashli klaxonne de toutes ses forces. Mais Maddy est infatigable : elle répète la même question en boucle quand elle voit Ashli. Exaspérée, Ashli ne l'écoute plus. Un des acolytes de la sans-abri vient lui prendre la main, et avec délicatesse et douceur, conduit Maddy sur le trottoir. Eux, comme leurs camarades qui les entourent pour regarder la vie d'Ashli continuer alors qu'elle file vers sa destination finale, sont tombés du mauvais côté de la barrière à la fin du Grand Chaos. Ils ont appris à vivre autrement.

Ashli, elle, les a déjà oubliés. La Prius apaise peu à peu son malaise. « Tu as toujours voulu être différente, lui disait son père. Et tu le seras. L'avenir, c'est toi », ajoutait-il, si souvent qu'Ashli finissait par ne plus prêter attention à ses paroles. Désormais, ces mots tournent sans cesse dans son esprit, comme la musique d'un passé qu'elle essaye de fuir, tout en voulant honorer. Il lui faut cultiver sa différence face aux autres. Et surtout face à son mari, se souvient-elle en posant le regard sur le volant défraichi du véhicule. Elle a convaincu Kurt, lors de l'un de ses très rares « bons jours », d'acheter une Prius. (Acheter un véhicule électrique conçu aux États-Unis, le ménage ne pouvait pas se le permettre.) Elle lui avait dit, pour plaisanter, que c'était pour leur permettre d'économiser l'argent de l'essence et d'acheter plus d'armes à feu. Mais lui l'avait dévisagée, perplexe. Puis ils étaient passés à autre chose. Après tout, ce serait sa voiture à elle, et libre à lui de continuer à conduire son gros 4x4.

C'est donc dopée par cette confiance en elle et par cette ferme intention que la vue d'ensemble va s'éclaircir et que le chaos va se dissiper, bientôt, qu'elle se gare dans le parking du supermarché. Avec l'objectif, en cette belle journée si bien entamée, d'acheter un bon steak de bœuf qu'elle se fera un plaisir, ce soir, de cuisiner sur son barbecue.

Et puis faire les courses, ce n'est plus la corvée que c'était. L'activité a participé à la libération des Américains, après les événements récents. Elle suscite des réflexions pour soi et nourrit des souvenirs, des sensations, des émotions. Elle rappelle un monde qui n'existe plus. Le supermarché est un le dernier lieu de divertissement de la ville enclavée depuis la fin du Grand Chaos.

On peut voir de très loin l'énorme affiche qui recouvre sa devanture : elle semble tirée tout droit des années 1950. Un fond jaune clinquant, un étalage plein à craquer et devant, une femme en robe et haut rouge et bleu, qui, au vu de son large sourire, vit le meilleur des rêves américains. Avec, en dessous, la mention que vous ne pouvez pas manquer, même de loin : « Des denrées abondantes tous les jours, fabriquées en Amérique, offertes aux honnêtes citoyens de Franklin par le gouvernement fédéral des États-Unis. » La fin des combats avait été décrétée et les autorités fédérales avaient isolé la ville de crainte de ne pas pouvoir contrôler ses environs. Avec cette nouvelle campagne de subventions, on a pacifié Franklin, en s'assurant l'approvisionnement des grandes surfaces et leur alimentation électrique.

Ashli, qui déteste la chaleur et l'humidité qui peuvent frapper la ville dès le début de la matinée, apprécie particulièrement la fraîcheur du magasin alimentée par une climatisation généreuse et de vastes allées de congélateurs. L'argument de vente des supermarchés réside désormais autant dans les produits qu'ils ont à offrir que dans l'expérience qu'ils garantissent à leurs clients qui bénéficient des subventions fédérales généreuses. Leur nouveau slogan : cette fraîcheur-là n'a pas de prix ! Et puis, il y a ces allées infinies de marchandises et de plaisirs garantis, des allées si bien organisées qu'elles peuvent à elles seules contrecarrer le chaos ambiant à l'extérieur.

Avant de quitter la voiture, elle désinfecte une nouvelle fois la plaie de sa main blessée. En voulant prendre ses clés sur le comptoir ce matin, elle n'a pas vu un débris de vitre qu'elle avait sans doute oublié de ramasser hier et s'est coupée. Mais elle est bien équipée grâce aux lingettes antiseptiques, désormais distribuées gratuitement par les autorités locales. Elle s'en veut d'avoir choisi cette robe et d'avoir cédé à la pression de ses pairs de ne plus mettre de jean. Le sien, son jean fétiche comme elle l'appelle, celui qu'elle adorait porter les beaux jours, pour signifier au reste du monde à quel point elle se sentait bien dans son corps, elle en a fait son deuil, de toute façon, après la déchirure de trop, quand il a fallu soigner son tibia, l'année dernière.

En sortant de la voiture, elle doit prendre quelques instants pour s'habituer à ce soleil éblouissant et cette lumière qui la harcèle. Chaque fois qu'elle se rend en ville, elle ne peut s'empêcher d'être prise de court par la vitesse à laquelle le soleil se lève, la chaleur chassant abruptement le brouillard matinal. La pénurie récente de lunettes de soleil a fait bondir les prix de ces protections autrefois utiles, mais désormais inaccessibles.

Il lui faut ensuite pénétrer dans l'enceinte du supermarché dont la sécurité est assurée par des vigiles lourdement armés qui l'observent à la dérobée, échangeant quelques commentaires à voix basse. L'accès au magasin lui est facilité grâce à la petite pastille rose qui figure sur la pièce d'identité qu'elle présente aux gardes. À Franklin, un quart des habitants seulement la possèdent depuis la fin du Grand Chaos. Se trouver du bon côté de la barrière au lendemain des hostilités, s'être soumis aux fameux tests de qualification — « de bonne famille », disait-on ironiquement, surtout quand on avait échoué — voilà ce qu'il a fallu. Les autorités fédérales considèrent que les détenteurs de la pastille ne présentent, pour l'instant, aucun danger pour la collectivité.

Les sans domicile qu'Ashli rencontre régulièrement sur sa route et qui représentent un autre quart de la population de la ville, en sont automatiquement exclus : ils n'ont pas de papiers d'identité (ou ils en ont été privés).

Puis il reste l'autre moitié de la ville qui ne bénéficie pas du contrôle accéléré pour pénétrer dans les lieux publics.

Kurt, notamment, a toujours refusé de se soumettre à ce fameux test. Ashli n'a jamais tout à fait compris pourquoi. Le fait que son mari, ou que n'importe quel autre habitant de Franklin sans pastille rose, puisse avoir quelque chose à cacher ne lui effleure jamais l'esprit. C'est plutôt une question de philosophie. Quand Ashli a accepté de s'y soumettre, cela a d'ailleurs alimenté beaucoup de disputes. La plupart d'entre elles étaient sans conséquence, simples joutes verbales qui invoquaient des concepts tels que la fidélité ou la pureté patriotique. Mais pour une raison qu'Ashli ignore, ou qu'elle préfère ne pas creuser, la dernière dispute en date, juste après le renouvellement de sa pastille, a pris une tournure inhabituellement violente, même pour eux. Que Kurt puisse l'insulter ne la surprend plus. Qu'il puisse l'accuser de trahison l'a heurtée cependant. Elle s'est isolée pendant des heures dans les toilettes, blottie contre le mur, serrant de toutes ses forces son oreiller rouge confectionné avec un vieux pull de son université. Elle a tenté de faire danser les ombres sur le mur opposé de la pièce qu'elle a quittée avec beaucoup de difficultés.

Grâce à sa pastille, elle évite donc la longue queue qui s'allonge à sa gauche – *pour l'instant*, du moins, insiste souvent Kurt, avec une pointe d'ironie qui lui va très mal d'ailleurs.

Le supermarché fonctionne comme une illusion optique. Tout a l'air très bien organisé et ordonné quand on pénètre dans son enceinte, conçue pour rassurer et encourager les consommateurs-clients à poursuivre le chemin dans ce grand ensemble structuré à l'extrême, avec une efficacité redoutable. Mais une fois qu'on se trouve au centre du dispositif, le supermarché devient un vaste labyrinthe. Les allées et les rayons se fondent les uns dans les autres. On se demande parfois si on n'est pas déjà passé par ici, avant de se résoudre à croire que ce n'est manifestement pas possible puisqu'on trouve toujours quelque chose de nouveau.

L'expérience des supermarchés est d'ailleurs relativement nouvelle pour Ashli. Plus jeune, elle suivait l'exemple de son père et faisait ses courses chez le petit commerçant du coin. Cela coûtait plus cher, mais elle avait les moyens d'offrir ce soutien aux locaux, comme elle les appelait. Mais le petit commerçant du coin a fermé avec le Grand Chaos. Et puis la vie est devenue plus chère, on ne peut plus se permettre de ne pas tout compter. Il n'est plus aussi embarrassant pour les personnes privilégiées comme Ashli de préférer les supermarchés aux magasins plus chics qui se font rares et lointains – il n'y en a plus aucun à Franklin. Le vrai melting-pot américain est ici, désormais. Les gens des bonnes familles de Franklin, les vrais, le fréquentent. Le fait qu'on en rencontre de plus en plus atténue quelque peu le malaise d'Ashli.

Au rayon surgelés, Ashli tombe justement sur son « amie » Mary, la présidente de la congrégation locale. Les deux femmes se saluent comme si elles ne s'étaient pas vues depuis des siècles, bien qu'elles se soient croisées la veille à l'église. *So nice to see you!* Elles font mine de s'embrasser sur chaque joue, accompagnant le geste d'un bruit censé reproduire celui d'une véritable bise. Mais elles ne se touchent pas, personne n'est dupe. Le regard de Mary, fixé sur le décolleté d'Ashli, s'attarde suffisamment longtemps pour qu'Ashli se demande si elle a fait le bon choix en optant pour cette robe blanche qui n'est pourtant pas si cintrée. Instinctivement, comme en guise de représailles, Ashli jette un coup d'œil discret sur ce que son amie envisageait d'acheter : cela ne ressemble pas à cette mère au foyer modèle de Mary de consommer quoi que ce soit de surgelé. La porte béante du congélateur lui simplifie la tâche : des crevettes à droite, à moins que ce ne soit le saumon pré-découpé à gauche… Ashli s'arrête là, parce qu'il faut se concentrer sur la conversation afin de ne pas commettre d'impair. Oui, elle a bien en tête la date de la fête annuelle de la communauté, et non, elle n'a pas oublié sa promesse de participer aux préparatifs. *Keep in touch*, en effet. Un bref moment de silence, un peu gêné, s'ensuit. L'un de ces moments de la vie dans lequel on ne sait pas vraiment pourquoi on s'est aventuré, et duquel on cherche laborieusement de se sortir. Les deux femmes se regardent, espérant que l'autre saura mettre fin à cette conversation qu'aucune d'elles ne souhaitait vraiment. C'est Ashli, rassemblant ses forces, qui salue Mary en premier et obtient un sourire forcé en retour. Et soudainement, Mary a disparu. La vie peut continuer.

Ashli se perd dans les rayons. Elle tente de retarder son retour à la maison, coûte que coûte, l'expérience lui est si agréable. À moins que ce ne soit l'idée de retourner à l'extérieur qui ne l'encourage à trouver d'autres occupations ici. Elle cherche des aliments dont elle n'a pas besoin. Elle écoute la musique d'ambiance – des morceaux qu'elle n'a pas entendus depuis des lustres. *Sex Bomb*, de Tom Jones, résonne dans toutes les allées où traînent familles, pères célibataires et mères seules. Peut-être que pour eux aussi, l'expérience du supermarché est relativement nouvelle. Et qu'importe. Tout cela la détend : on se donne le droit de murmurer les paroles (un peu coquines, soit dit en passant) et de légèrement se déhancher, tant que cela reste discret. Du moins, c'est ce qu'Ashli se dit, avant de se résoudre à se diriger vers les caisses.

Soudain, presque malgré elle, Ashli sursaute.

CHAPITRE 4

Il aurait fallu être tout près d'elle pour s'en rendre compte. Mais le malaise est réel. Il la paralyse une fraction de seconde : juste devant elle, dans la queue à la caisse, une famille de Noirs américains patiente, elle aussi, pour payer. Ashli n'est pas raciste. Elle s'en défendrait ardemment si quiconque formulait une telle accusation à son encontre. Elle évoquerait son passé, son engagement pour la ville et tout le reste.

Cependant, cette tribu-là, constituée de trois enfants et leur jeune mère – à moins qu'il ne s'agisse de leur grande sœur – n'est pas la sienne. La jeune femme porte un t-shirt noir avec une inscription en rouge qu'Ashli ne parvient pas à lire parce qu'elle est en partie cachée par son pull, hormis le dernier mot, « terminée ».

Aucune volonté de ségrégation, aucun mépris, aucun projet haineux donc de la part d'Ashli, non. Juste une conscience, peut-être un peu trop claire, des différences entre les tribus qui coexistent à Franklin, mais qui se croisent rarement et ne se parlent presque jamais, même si elles se confrontent souvent par l'intermédiaire des médias et des réseaux sociaux, pour exprimer leurs griefs respectifs. Sans réfléchir, Ashli recule d'un pas. Pour leur laisser leur espace, se dit-elle.

Elle essaye de fixer ses yeux sur un autre point d'intérêt du supermarché.

Mais le regard insistant du plus petit garçon la trouble au point qu'elle ne peut l'ignorer.

Il a une petite tête ronde, le nez qui coule et des cheveux très courts. Un lacet défait d'un côté et un trou naissant dans l'autre chaussure. Il porte un jean qui appartenait sans doute à son frère cadet. Son t-shirt blanc s'orne d'une tache de ketchup au niveau de la poitrine. Ce petit garçon aimerait recevoir plus d'attention. Certainement de la part de sa tribu. Peut-être même du reste du monde. Mais les plus grands ont trouvé autre chose à faire. S'ennuyant sans doute un peu, son regard s'est fixé sur Ashli.

Et le petit garçon lui sourit.

Ce sourire déstabilise Ashli qui ne sait pas quoi faire. En quelques fractions de seconde, elle interroge son cerveau sur la réponse appropriée à apporter à ce comportement aussi atypique que déroutant. Son cerveau est tétanisé par la surprise. Il ne sait pas quoi ordonner au reste de son corps. Alors Ashli ne trouve pas d'autre option que la plus naturelle : elle lui sourit en retour.

Un pont pourrait se construire. Une conversation entre deux Américains, certes pas de la même génération ni du même clan, mais qui partagent une même langue, une même ville et quelques vagues références culturelles, pourrait s'amorcer. Mais le présent se rappelle aux deux protagonistes de cette rencontre : la jeune femme sort le petit garçon de sa rêverie en prononçant son nom, car il est désormais temps pour eux de quitter le supermarché et pour Ashli de s'avancer et de payer. Elle jette un regard presque surpris vers Ashli, comme si elle l'avait reconnue. Mais elle se reprend immédiatement.

Le caissier, un gosse qui ne doit pas avoir vingt ans au vu des boutons d'acné qui perlent sur son front, son nez et ses joues, la salue avec un sourire maladroit. Ashli lui tend son chèque fédéral, qu'elle a reçu, le matin même, par la poste, pour financer ses achats au supermarché.

Bonjour madame, avez-vous trouvé tout ce que vous cherchiez aujourd'hui ? Tant mieux madame. Quel beau steak de viande. Pour un barbecue ? *Awesome.* Merci madame pour votre visite. *Come again!*

C'est donc de bonne humeur, mais quelque peu troublée, qu'Ashli se retrouve à nouveau à bord de sa Prius. Le ciel se couvre à l'horizon. Maintenant qu'elle n'est plus éblouie par le soleil, elle se dit qu'il est réconfortant de regarder la réalité en face et en conclut qu'elle passe vraiment une bonne journée.

Alors qu'en réalité, elle s'élance vers un sort déjà scellé.

CHAPITRE 5

Elle se rêve cheveux au vent, comme une star de cinéma ou une cheffe d'entreprise influente. Ce n'est pas forcément l'impression qu'elle vous donnerait si vous l'observiez. D'ailleurs, un blindé s'arrête à la hauteur de la Prius. Au volant, un jeune militaire la dévisage quelques secondes. Mais il n'insiste pas. Un discret salut de la tête (qu'il n'aurait pas réservé à tout le monde), et le blindé reprend sa route.

Ce soir, Ashli croit pouvoir enfouir sa fatigue morale au plus profond d'elle-même. Elle est comme dans une forteresse, presque inatteignable physiquement. Pourtant elle doit rassembler son courage pour le trajet retour, résister à la tentation de la procrastination : pour rentrer chez elle, Ashli ne peut pas prendre l'artère principale de la ville, la seule que les autorités locales entretiennent en ces temps de disette budgétaire, car elle est à sens unique. Elle doit se résoudre à suivre la petite route qui permet de parcourir Franklin d'est en ouest. Autrement dit le grand fossé, dans lequel se concentrent les illusions perdues et les rêves brisés de ce qu'était autrefois une grande nation.

Le jour se couche lentement sur Franklin. Le ciel est rempli de nuages denses et bas, illuminés par le soleil déclinant qui leur donne une couleur dorée intense, comme s'il allait s'embraser sous peu. Les nuages semblent s'agglutiner au-dessus de la ville. Le visage qu'offre Franklin n'est pas vraiment digne d'intérêt. Eux, en revanche, ont une texture complexe et ressemblent à la lave d'un volcan qui coule inexorablement vers une proie immobile. Ce ciel déploie un spectacle surréaliste, apocalyptique presque, comme s'il s'apprêtait à se retirer, comme un livre que l'on roule.

À l'embranchement de la sortie du supermarché, la plupart des conducteurs ne respectent pas vraiment le feu qui ne sert plus à rien. À une époque, il permettait de réguler le trafic venant d'en face, quand le quartier accueillait encore de nombreux commerces locaux. Maintenant, un amoncellement de ferraille et d'ordures, au milieu duquel survivent les moins chanceux de la ville – qui ne disposent pas de voiture de toute façon – l'a remplacé. Plus personne ne vient de l'autre sens.

Mais Ashli a tout son temps. Elle patiente au feu rouge, qu'elle sait particulièrement long. La fatigue de la journée la rend moins vigilante face à la nostalgie qui la guette. La ferraille et les ordures disparaissent dans son imagination. Elle revoit le petit quartier dynamique aux gens heureux, dans lequel chacun faisait ce qu'il pouvait avec ce qu'il avait, à l'abri du jugement des autres. Son regard se pose sur un mur orphelin, autrefois le pilier du Red Lobster de Franklin, le restaurant préféré de la famille.

– Trouve-moi un meilleur homard au beurre fondu dans ce pays !

Toujours les mêmes mots, accompagnés d'un vigoureux coup de fourchette. Cela fait partie du folklore familial, du climat festif qui rend leur visite au Red Lobster unique. Le frère jumeau de son père, assis en face de lui, le regarde d'un air moqueur en hochant la tête.

– Tu es tellement prévisible. Et tu ne t'arranges pas en vieillissant.

Mais son père ignore ostensiblement la pique provenant de celui qui aurait pu être son propre reflet dans le miroir. Il a mis son plus beau costume, et a encouragé sa fille à choisir sa plus jolie robe, la rouge à paillettes, parce que cette couleur semble mieux correspondre à l'humeur ambiante : ce soir encore, son père est décidé à célébrer… Quoi exactement ? Personne ne le sait. L'élection du nouveau président qui l'enthousiasme ? À moins que ce ne soit la sienne, au conseil de la ville. Ou une nouvelle commande. Le souvenir d'Ashli est vague… Son père mange, cela, elle en est sûre.

– Tu n'es pas préoccupé par tout ce qui se passe, Alex ? tente son frère. Ils sont en train de gagner de l'influence. Je sens l'opinion vaciller depuis que l'autre s'est pris une balle dans la tête. On a évité une nouvelle de ses présidences, mais pas une nouvelle guerre civile…

Ashli sent la présence imposante de son oncle, assis à côté d'elle. Ses cheveux foncés n'ont pas cédé à un début de calvitie, contrairement à ceux de son père – la nature est parfois injuste. Il est difficile à lire et sort rarement de sa réserve. Mais qu'il est attirant pour la jeune Ashli. Ce long front. Ses yeux surtout. Enfoncés et pétillants. Il est toujours prêt pour un bras de fer verbal avec son frère.

Ils se parlent en anglais. Depuis toujours, selon Ashli. Depuis quelques années, depuis leur arrivée aux États-Unis, en réalité. Dans un anglais chantant, qui n'est pas tout à fait celui des autres. Même enfant, Ashli était consciente de ce petit accent évoquant des démons et des fantômes d'une autre époque, d'un autre univers. Un anglais qu'elle était incapable de reproduire, malgré tous ses efforts.

– Pas le moins du monde, Nick, répond son père, sans même lever la tête. Cette ville vient d'élire un immigré, crie-t-il presque en posant ses deux mains sur sa poitrine pour se désigner lui-même. Tu t'en rends compte ? Ce pays, je te le dis, est capable d'inventer un poison et, dans la foulée, son propre antidote. C'est à l'œuvre en ce moment même !

Il parle comme un savant fou, presque. Il tape sur la table en prononçant chacun de ces mots. Puis il étend les bras amplement, les paumes ouvertes vers l'extérieur, comme s'il tentait d'embrasser tout l'espace autour de lui, parce que ce dont il parle, c'est universel, incontournable. Un large sourire dans ce costume gris clair et une chemise bleu ciel – la préférée d'Ashli. Pas de cravate ce soir. Il a essayé de la mettre avant de renoncer. Cela empêche d'apprécier le homard de toutes les manières, a-t-il expliqué. Ashli aime lui voir cette passion, cette fougue, même si on ne sait pas tout à fait sur quoi elle se porte. Il ne se départit jamais de cette expression réfléchie et toujours quelque peu amusée. Enfant, Ashli était tombée sur un livre d'histoire qui contenait une caricature de Benjamin Franklin. Son père, trait pour trait, s'était-elle dit.

– Va comprendre comment cela fonctionne. Seuls les Américains (« les vrais », se croit-il obligé de préciser) savent inventer un tel système. On élit un vieux grincheux, une fois, il y a quatre ans. Histoire de se faire peur. Comme quand on regarde un film d'horreur. Et puis on le fait disparaître dans les poubelles de l'histoire (rajoute-t-il avec la passion d'un prêcheur). Et puis on recommence. Histoire de soigner notre addiction aux émotions fortes, pour mieux les dompter !

Le feu est toujours rouge. Et aujourd'hui, on ne parle plus d'avenir.

– C'est l'heure du dessert ! annonce Alex, comme s'il proclamait l'arrivée d'un moment historique.

La petite Ashli adore ce moment. Elle sait qu'elle aura droit à la meilleure glace de tout le quartier, servie ici, au Red Lobster de Franklin. Pourtant, elle s'inquiète pour son père, qui ne manie plus aussi bien la fourchette qu'auparavant. Et puis Nick, son oncle, en face de lui, est comme le reflet désapprobateur d'un enthousiasme qui perd de sa légitimité. Sa vieille chemise de bûcheron canadien, comme la qualifie le père d'Ashli avec dédain, commence à se déchirer.

– Oui, mais tu m'excuseras, je n'ai plus faim, déclare l'oncle d'Ashli.

– Ne me dis pas que ces vieux grincheux t'ont coupé l'appétit, rétorque son père. Ils détestent la modernité. Leur seule obsession, c'est de se battre pour un monde qui n'existe plus. C'est de nous interdire de rigoler et de plaisanter. On devrait les envoyer là d'où on vient.

Les deux hommes échangent un sourire de connivence, pour une fois. Comme si le jeune Benjamin Franklin rigolait des blagues de son aîné.

– Non, pas vraiment. Mais je crains que tout cela ne soit pas qu'un cycle, comme tu disais. Que le chaos soit durable. Ce pays n'a aucune valeur. On le croit parfois progressiste, parfois conservateur. Il n'est en fait ni l'un ni l'autre. On le représente comme une nation éclairée, comme un relais de la philosophie des Lumières. Pourtant qu'il est sombre par endroits. Et cette obscurité ne fait que gagner du terrain. On n'est ni de droite, ni de gauche. Mais on a une très forte préférence pour en finir avec le système et pour tout raser. C'est notre passion triste. Et puis cette chaleur… Comme si Dame Nature voulait nous rappeler à l'ordre. Et plus il fait chaud, plus on se dispute…

Il soupire. Une longue plainte qui ne lui ressemble pas à l'homme robuste qu'Ashli a toujours connu.

– Bref, reprend-il. Je crains que cette fois-ci, le film d'horreur dure un peu plus longtemps.

– Foutaises. Le camp d'en face ne nous promet qu'enfer et calamités, alors qu'on ne fait qu'apprécier le monde dans lequel on vit. Et il faudrait qu'on l'écoute ? Pire, qu'on le croie ? On l'a connu, cet enfer, toi et moi. Eux ne savent rien. Cela nous donne le droit… le devoir ! de refuser cette ambivalence. Entre la désolation et la modernité, la vie et la mort, j'ai vite choisi. On avance ! Tu sais que j'ai doublé mon chiffre d'affaires, au fait ? J'ai reçu une commande de Los Angeles ! À moi l'Amérique.

Il rit. Presque comme le grotesque méchant d'une mauvaise série. Comme par provocation.

– J'espère que tu as raison, soupire son jumeau. Parce que cela ne sent pas bon du tout. Tu sais que Seattle est tombée… Et moi, je vais devoir répondre à l'appel de mobilisation quand…

Alex l'empêche de terminer sa phrase.

– Ils vont déposer les armes avant.

Il parle avec certitude, mais on croirait qu'il essaie de se convaincre lui-même. Il ne regarde même plus son reflet en face de lui. Ce soir, il a préféré le jean au costume. Parce que c'est plus relaxant ainsi, a-t-il dit à Ashli. À moins qu'il ne parvienne plus à mettre son costume désormais… Ses mains…

– Et puis pas de cela ce soir ! enchaîne-t-il. Les carnets de commandes se remplissent à vue d'œil. Regarde autour de toi ! Le chômage est devenu une aberration d'une autre époque. Bienvenue à

la prospérité permanente ! On a tout pour réussir. Une industrie vivante ! Un secteur de prêt-à-porter qui aurait fait rougir la mère patrie !

C'est ainsi qu'il appelle son pays de naissance, non sans une pointe de sarcasme. Il ressemble à un savant fou qui essaye de transmettre sa passion, quand une expérience a donné des résultats inattendus.

– Tu es à deux doigts de me chanter une ode à Staline, lui répond Nick avec un demi-sourire.

Les deux frères explosent de rire.

– Plus sérieusement, papa et maman auraient préféré t'y voir travailler, dans le prêt-à-porter, poursuit Nick, décidé à ne pas lui laisser le dernier mot.

– Eh bien non ! lui rétorque son frère, refusant à son jumeau le droit à la nostalgie ou à la gravité. Je suis dans l'autre moitié de la population de Franklin qui construit des meubles pour la terre entière. Les commandes pleuvent. Des armoires, des chaises, des commodes, des fauteuils et des bibliothèques. Sur mesure ! À la main…

Le regard de son père est soudainement troublé par une pointe de préoccupation, qu'il tente sans grand succès de réprimer. Nick se penche sur les mains de son frère, les examine, en les prenant dans ses propres paumes. Mais Alex les retire immédiatement.

– Tu as consulté, au moins ? demande Nick.

La question est suivie d'un tout petit silence qui dure une éternité.

Un coup de klaxon la réveille. Quelqu'un qui n'a manifestement pas tout son temps s'impatiente. Alors Ashli avance en regardant dans son rétroviseur, discrètement. C'est Mary qui ne l'a pas reconnue. Heureusement, parce que cela aurait été embarrassant. D'ailleurs, Ashli est manifestement sortie du supermarché : la civilité des interactions sociales a disparu dans cette jungle urbaine.

Elle progresse au pas. Impossible de rouler aussi vite que dans l'artère principale, compte tenu de l'état de la chaussée. Un peu comme si les autorités locales voulaient imposer aux habitants de Franklin une piqûre de rappel et leur interdire d'être trop contents.

Nouveau feu rouge. Elle ne veut pas la voir, mais c'est plus fort qu'elle. Son regard se pose sur l'ancienne boutique de son oncle.

Le coup de fourchette est devenu timide et retenu. Le brouhaha habituel du restaurant est plus discret. Son père tente de les cacher, mais Ashli sait que ses deux mains désormais lui font mal. Et qu'il se force pour manger. Le siège en face de lui est vide. Son reflet a disparu.

– La guerre appartenait au passé, tu disais, lance-t-elle à son père, pour rompre le silence devenu trop pesant. Au bout du compte, on n'a pas eu besoin d'ennemi extérieur. Nous nous sommes entretués, sans l'aide de quiconque.

La voix d'Ashli est éteinte. Ses yeux rougis. Elle a choisi sa robe noire, ce soir.

– Tu es allée à New York, n'est-ce pas ? lui répond son père, d'un ton presque inquisiteur qui ne lui ressemble pas. À quoi

t'attendais-tu au juste ? Une erreur administrative, un retournement de situation de dernière minute ? Une irruption de ton oncle au milieu de la foule ? Il est mort, c'est terminé. Ils l'ont assassiné.

Il a presque hurlé ces mots. Les quelques autres convives se retournent, gênés. Alex regrette de les avoir importunés, mais pas d'avoir crié.

– Ce n'est plus cela, le rêve américain, ma chérie, reprend-il sur un ton à peine plus apaisé. Hollywood est morte avec cette guerre. Ton oncle a disparu avec. Eux ne s'en sont pas encore rendu compte, ajoute-t-il avec un mouvement de la tête pour désigner les autres clients du restaurant. Ils sont dopés par l'ivresse de la prétendue victoire contre l'ennemi de l'intérieur. Mais ils savent très bien que la guerre n'est pas terminée. Ce pays a cru s'inventer de nouvelles ailes pour voler encore plus haut, encore plus loin. Il s'est brûlé. Et voilà à quoi ressemble le goût amer de la victoire et de ses désillusions.

Il jette sa fourchette, mais elle ne retombe pas sur la table comme il l'escomptait. Elle tache son jean. Son père pousse un soupir d'irritation. Ashli accueille ce triste spectacle en silence.

– Et puis tous ces gars, poursuit-il avec lassitude. Ils sont habillés en noir des pieds à la tête. Ils ont refusé de rendre les armes et de signer l'armistice. Soit. Mais cela impressionne qui, sérieusement ? Ce nihilisme. Ce rejet de tout. Cet instinct de mort. Ils se croient américains, sérieusement ? Plus que moi ? Et cette cagoule, vraiment ? Comme si ça pouvait peser dans les négociations et influencer le gouvernement fédéral… Ton oncle m'avait prévenu. Ils ont commencé à Seattle… Il savait qu'il allait être mobilisé, et je n'ai rien fait…

Son père hoche la tête avec résignation. Il n'est jamais facile de voir ses parents vieillir…

– C'est toi qu'il a désignée dans son testament. Il aurait pu avoir des enfants. Il s'est perdu dans des causes qu'il croyait plus nobles. Et voilà… Maintenant, c'est terminé.

Feu vert. Les véhicules avancent toujours au pas, d'autant qu'on arrive dans la partie critique du grand fossé. Celle qu'Ashli ne veut pas voir. Celle qui fait mal, plus encore que tout le reste. Au coin de l'ancienne rue principale, la menuiserie de son père, ce soir, semble encore plus délabrée. Alors Ashli tente de plonger un peu plus profondément dans son enfance, pour que la nostalgie soit heureuse et légère.

L'odeur caractéristique des copeaux de bois d'une planche que l'on vient de poncer ou d'arrondir. Ashli se souvient du sentiment de confort. Toute petite, elle occupe sa place réservée sur l'établi de la menuiserie. Elle porte d'ailleurs son serre-tête de princesse. Elle observe son père, ce maître de l'agencement qu'elle adule plus que tout. Lui qui est capable de faire danser les pièces de bois et satisfaire n'importe quelle demande pour un angle de mur atypique ou un besoin particulier.

– E Pluribus Unum ! *s'écrie-t-il.*

Il vient de terminer sa commande. Et comme chaque fois, il prononce la devise de l'Amérique (Parmi beaucoup, un !) après avoir fini un meuble, en prenant un pas de recul pour s'émerveiller du résultat. Ashli, devenue un peu plus âgée et un peu plus moqueuse, l'imite en bougeant les lèvres comme si elle énonçait la même formule que son père. Il se sait raillé, mais peu importe. Cette devise, il l'a faite sienne : l'art de faire correspondre les différentes pièces d'un tout, c'est son affaire, comme celle de son pays d'adoption. Des pièces tellement différentes, dont le mariage peut sembler inattendu, voire incongru. Mais à la fin, avec de l'adresse, on arrive à tout marier, même les opposés. Voilà la beauté de la menuiserie, voilà la beauté de l'Amérique.

Les murs de la menuiserie se trouvent à sa gauche. Ashli pourrait presque les toucher, si elle baissait la vitre et tendait la main. Mais elle refuse de la regarder en face. Elle se sait pas tout à fait capable d'affronter la douleur.

Le même atelier. Mais l'odeur a disparu. Peu à peu. Soudain, un bruit violent.

– Fuck !

C'est le seul gros mot qu'elle entendra dans la bouche de son père de toute sa vie.

– Papa ? demande-t-elle timidement.

Seul lui répond un très long soupir de son père qui lui tourne le dos, immobile, la tête baissée, les deux mains posées sur l'établi. Il vient de laisser tomber un rabot sur le meuble sur lequel il travaillait depuis de nombreux jours. L'étagère s'est cassée en deux. La pièce du bas est édentée.

– Papa ? répète Ashli.

Il se tourne. Ashli est soudain frappée par ce visage marqué par la fatigue. Les mains ont enflé, les longs doigts fins capables d'agencer n'importe quelles pièces sont devenus gros et malhabiles. Il ne porte plus d'alliance : elle ne rentre plus.

– Une autre commande qui va prendre du retard. Sans compter toutes les réclamations que je reçois.

Le ton est calme et résigné. Il étouffe un sanglot, passe la main dans ses cheveux grisonnants, y laissant des copeaux de bois. Il a le regard vide.

– Ça va aller papa, assure Ashli.

Il a vieilli. Les pièces de bois ont cessé de s'aligner parfaitement, les meubles n'ont plus la même cohérence, la même beauté qu'hier. Ses mains se sont crispées. L'activité également, et le pays avec.

– Ce silence, dit-il, d'une voix à peine audible, regardant par la seule fenêtre qui donne sur l'extérieur.

Le quartier s'est calmé depuis le début de la crise. Les trottoirs qui rassemblaient les rêves de Franklin sont devenus impraticables. Trop de gueules cassées, trop d'ombres sans projet d'avenir qui s'y perdent. Le pays a changé de devise : il n'est désormais plus question de marier les différences car on a perdu les ambitions d'hier. Non, il est désormais question de renaissance. De quoi ? Personne n'ose le demander.

– C'est le dernier soir avant la fermeture du Red Lobster. Viens dîner avec moi, tente Ashli.

Mais il n'y a plus de rythme, plus de transformation, plus de révolution dans la démarche de son père. La musique s'est déjà arrêtée pour son frère. Et elle est en train de s'arrêter pour lui aussi. Aucun progrès de la modernité ne viendra renverser la tendance. Il hausse les sourcils, un peu comme s'il était arrivé à cette conclusion au même moment que sa fille.

Les larmes qui viennent envahir les yeux d'Ashli ne masquent pas tout à fait le rouge du feu de circulation. Encore un tout petit peu de place pour de la nostalgie.

– Qu'est-ce que tu vas faire maintenant ? interroge Ashli.

Le restaurant est vide. Leur assiette de frites est à moitié pleine. Plus de homard au Red Lobster. La nature en a décidé autrement.

– Que veux-tu que je fasse ? Il faut vivre avec eux…

– Avec eux ? Tu ne pouvais pas les supporter. Tu ne voulais pas les accepter. Tu disais que leur idéologie était mortifère, éloignée de tout ce qu'on représentait. Tu te moquais de leur tenue noire…

– Vivre malgré *eux, tu as raison, l'interrompt son père d'une voix morne. Ils ne sont peut-être plus là d'ailleurs.*

Ashli ne sait plus si son père divague, ou s'il se ment à lui-même pour ne pas faire face à la réalité.

– Ils ont gagné. Ils contrôlent une partie du territoire, se reprend-il, percevant l'irritation de sa fille. La célébration de la vie et du rêve a atteint ses limites, on dirait. Du moins, elle a été de courte durée.

– Ils n'ont pas gagné dans cette ville, papa. On peut encore peser. Je souhaite le faire au conseil…

Un simple hochement de tête suffit pour interrompre Ashli dans son élan. Son père n'est même plus résigné. Il est fataliste, et ne l'écoute plus.

Aujourd'hui, le conseil n'existe plus. Ashli pousse un énorme soupir de soulagement quand le feu passe enfin au vert. Elle peut continuer son chemin.

Le cadre qui suit n'est pas plus glorieux, mais elle approche de l'embranchement avec l'artère principale qui redevient à double sens, annonçant la fin du périple. C'est là que Maddy et ses complices campent. L'ambiance est sordide, comme toujours, sur cette place peuplée de fantômes aux yeux hagards qui marchent d'un pas déterminé, sans aucun but. Ces zombies qui prononcent – ou qui hurlent – des paroles incompréhensibles, qui se frappent la tête comme si toute la misère du monde s'était abattue sur eux. Celui-ci, dans un fauteuil roulant avec une jambe en moins, porte un treillis kaki qui ne laisse rien à l'imagination quant à son passé récent ; celui-là, qu'on tente d'éviter tant bien que mal quand on est au volant d'une voiture, est torse nu et décidé à en découdre avec un ennemi imaginaire et redoutable ; et puis il y a Maddy, la plus célèbre sans domicile fixe de Franklin, qui passe ses journées à contempler le trottoir sale de la plus grande artère de la ville, avant de rugir aléatoirement sa haine inexplicable, surtout si on l'approche de trop près. Ces démissionnaires de la société ont décidé de ne plus jouer et d'éteindre leur anxiété et leurs doutes pour s'endormir doucement, grâce aux opiacés, désormais en libre-service pour qui le souhaite, après avoir longtemps été interdits. La réforme de la contre-prohibition, comme on l'appelle.

Ashli s'imagine, au stop, dans un univers parallèle. Là où le feu crépite et les flammes projettent des ombres dansantes sur les arbres. Il y aurait des personnes qui discutent et qui rient. Maddy animerait les débats, les autres seraient suspendus à ses paroles. Ils n'auraient pas le même âge ni la même apparence physique, ils ne viendraient pas des mêmes horizons, mais ils seraient portés par le sentiment qu'il existe encore tellement de choses à découvrir, à imaginer, à construire.

Absorbée par cette réalité alternative, Ashli n'a pas vu Maddy s'approcher du véhicule. La femme qui n'a pas d'âge n'exprime aucune menace mais darde sur elle ce même regard de fascination que le matin. Ashli s'efforce de l'ignorer et reprend la route, vite. Car elle ne veut pas être contaminée, devenir une gueule cassée, une perdante de la modernité. Risque qu'elle court si elle reste trop longtemps là. Elle refuse de croire que c'est ce que le destin a en tête pour elle. Les rêves brisés sont pour les autres. Elle, comme le pays, s'en sortira, comme toujours.

Ashli roule lentement, sa Prius glissant comme une ombre dans les rues presque désertes. La ville n'est pas tout à fait morte ; il y a ceux qu'on aperçoit brièvement, un visage derrière une vitre, une silhouette immobile au coin d'une rue. Et il y a ceux qu'on préfère ne pas voir, mais qui sont là, quelque part, tapis dans les interstices.

Ashli serre le volant. Elle est en vie, oui, mais à moitié seulement. Entre ce qu'elle a fui et ce qui l'attend encore. Chaque virage est un test. Le doute se loge dans les angles morts, surgit à chaque coin de rue. Elle inspire profondément. Parce qu'une leçon, au moins, elle l'a apprise : certains virages sont plus dangereux que d'autres.

Franklin semble calme ce soir.

Mais elle est, en réalité, une poudrière prête à faire parler d'elle à nouveau.

La fiction est un mensonge qui dit la vérité.

– Neil Gaiman

CHAPITRE 6

Ashli connaît le secret pour réaliser une sauce barbecue parfaite : il faut réunir les ingrédients, marier les saveurs dans un seul récipient, mais progressivement, sans forcer leur réunion, sous peine de bâcler le travail et de gâcher la nourriture. Ashli vient du Midwest, alors sa sauce à elle est à base de vinaigre de cidre, de flocons de piment rouge et de sel. Pas de moutarde. Encore moins de ketchup, ni de sucre roux, comme d'autres hérétiques à l'Ouest ou au Sud du pays pourraient le penser. De même, elle préfère laisser à ses frères texans le cumin fumé, la sauce piquante et l'ail. Sa sauce à elle tire sa légitimité des directives des vrais *pitmasters*, les maîtres de la fosse à barbecue, seules autorités compétentes à livrer des consignes en la matière.

Ensuite, il faut de la patience, beaucoup de patience. Surtout ne pas laisser les ingrédients mariner, au risque de masquer le goût unique d'une sauce parfaite, et de ne pas laisser chaque ingrédient jouer son rôle. La sauce se constitue à la fin d'un long processus, au bout duquel elle caramélise la viande. Bien entendu, cela exige de déterminer le bon équilibre entre les ingrédients. Ashli ne l'a pas trouvé du premier coup. D'ailleurs, ne lui demandez pas la recette exacte aujourd'hui : elle serait incapable de vous la livrer précisément. Elle vous dirait qu'il faut mettre un peu de ceci et mélanger cela au bout d'un moment, avec un petit hochement d'épaule. Comme le reste de l'Amérique, elle sait marier différents ingrédients improbables. Mais la recette, qui a beau être universelle dans le cœur d'Ashli, a tendance à beaucoup changer dans sa tête et au gré des tuyaux qu'elle reçoit du reste du pays.

La caramélisation naturelle qui s'ensuit suffit largement. Inutile, donc, de tenter d'adoucir le goût de manière artificielle. La couleur, « rouge barbecue » dit-elle toujours, rouge sang presque, lui met l'eau à la bouche. Parce que sa sauce, c'est une tuerie. Alors qu'elle termine les préparatifs de son dîner, elle se regarde dans le miroir de la cuisine, en train de se lécher les doigts. Elle se dit qu'elle est prête pour Halloween avec un tel déguisement. Elle s'imagine un instant en vampire pour faire peur à ses vieux démons.

Avant d'être interrompue par la porte d'entrée qui claque. Kurt est parti. Peut-être pour la soirée. Peut-être pas. Elle l'imagine déambuler dans les rues vides de Franklin, seul ou accompagné de ses comparses habituels, en train de fredonner *Oh I'm a Good Old Rebel*, un poème américain écrit après la défaite de la Confédération lors de la guerre civile américaine du XIXe siècle. Il évoque le ressentiment d'un soldat de l'armée du Sud qui défendait l'esclavage, qui refusait la soumission à l'autorité des vainqueurs, d'un rebelle qui affirmait haut et fort sa détestation de la nation yankee. Fredonner, mais pas trop fort. Parce qu'il n'y croit pas vraiment, pense-t-elle. Ou parce que cet hymne à la méfiance ne plaît pas à « madame », dirait Kurt, pour sa part, avec sarcasme. Et peut-être aussi, parce qu'affirmer si fort son rejet de la réconciliation avec le reste du monde n'est pas du goût des forces armées qui patrouillent en ville.

Elle se tourne vers la vieille télévision. L'autre, flambant neuve, et acquise grâce à la générosité du gouvernement fédéral américain, a été la victime collatérale d'une dispute récente. Et puis Internet n'est plus accessible à Franklin : on réserve la bande passante aux régions productrices du pays. Vu les désordres qu'Internet a causés par le passé, personne ne s'en plaint vraiment. La télévision, reine des médias des années 1990 qui a subi ensuite un très long déclin, connaît une nouvelle renaissance. Ashli doit se résoudre à se servir du vieux poste, sur lequel Kurt a tellement regardé Fox News que le logo apparaît, incrusté, en bas à droite, même quand l'appareil est éteint.

Le président américain parle. La menace est désormais intérieure, dit-il. Tant de divisions et de tensions au sein même du pays doivent nous alerter. Cette violence a beau ne pas ressembler aux menaces extérieures d'hier, elle n'en porte pas moins atteinte au pluralisme américain, dédaignant les vies humaines et surtout défiant les symboles qui nous étaient si chers à tous, autrefois. Elle est le fruit du même esprit infâme qu'il est temps de confronter, dans un pays qui a toujours su rebondir, mais qui doit aussi se réinventer face à ce nouveau péril.

Fadaises, répond son principal opposant. Tout cela est une machination de la capitale, du pouvoir en place, toujours prompt à déverser des paroles qui tétanisent ou pire, culpabilisantes ! Le président ne sait plus ce que c'était que d'être un patriote. Il est incapable de réanimer l'esprit américain. Et il a peur de son ombre, c'est un homme faible. Tandis que lui a construit tellement de choses dans ce pays, pour ce pays, martèle-t-il. Lui, au moins, incarne les vraies idées américaines. Il est temps de croire en nous et de nous débarrasser de tous ces traîtres qui ont oublié le sens de la victoire et les authentiques valeurs américaines. Tous ces lâches qui se croient en position de nous donner des leçons de morale. Il est temps de faire table rase du passé, s'écrie-t-il, de se défaire de ce système qui ne sert que les intérêts de la capitale, pas ceux des vrais Américains qui ne sont ni démocrates, ni républicains. Nous n'avons plus rien à perdre, conclut-il sous les applaudissements de la foule.

Ce va-et-vient qui ressemble à un affrontement de ping-pong exerce un effet hypnotisant sur Ashli. Le discours de ce président venu du passé, le flot ininterrompu d'images de violence et la diatribe de cet opposant en colère composent un spectacle à la fois effrayant et libérateur : on s'informe, on prend connaissance de la menace et puis on peut passer à autre chose – un peu comme après avoir regardé un film d'épouvante qui ne correspond pas à la réalité. La télécommande est là pour ça.

Ashli se lève pour attraper un paquet de pop-corn. En traversant la pièce, elle marche sur un éclat de verre, sans doute un débris de l'ancienne fenêtre, qu'elle n'avait pas vu. Elle saigne de vrai sang, cette fois. Elle connaît bien la procédure : désinfection, nettoyage et pansement. Tout ce dont elle a besoin est à portée de main. La mécanique est bien huilée.

Werner Herzog, sur la deux. Elle connaît ce documentaire sur le réalisateur allemand par cœur : il passe en boucle sur la chaîne qui n'a visiblement plus les moyens de diversifier son catalogue. Un passage continue pourtant de l'intriguer. Nous ignorons ce qu'est la vérité, dit Herzog. Mais nous sentons qu'au-delà des faits, il existe autre chose, que l'on peut exprimer autrement, par la poésie, le cinéma ou toute autre forme de média. Peut-être même par le roman. Par l'imagination en somme. Un peu comme si la création artistique, la fiction, voire l'erreur factuelle ou le mensonge pouvaient nous éclairer sur notre réalité. Comme si les histoires que nous nous racontons étaient la voix la plus percutante pour avertir les myopes qui pensent avoir les yeux rivés sur le réel, mais qui ne voient pas ce que l'obscurité cache, ce que seule l'imagination peut nous expliquer.

Un chien aboie dans la rue. C'est rarement bon signe. Ashli retient son souffle, espérant que le mécontentement de l'animal n'annonce pas de cauchemars à venir. Après quelques instants, rien ne se passe. La vie reprend son cours pour l'instant.

Quelques minutes de divertissement télévisuel lui restent avant les coupures d'électricité du soir : le nouveau quotidien de Franklin, depuis le Grand Chaos. Les sécheresses répétées ne permettent plus de refroidir suffisamment les centrales électriques. Alors l'Amérique se tait, le temps d'un refroidissement. Moquée par ses ennemis et par l'opposition au pouvoir actuel, l'Amérique a pourtant fini par s'habituer à ces moments d'obscurité. Il est même devenu agréable d'oublier pendant ces moments-là. Ou du moins de faire semblant.

Le regard se pose à nouveau sur la télévision. Oprah Winfrey interroge un groupe de femmes sur leurs lectures récentes. Sonia parle d'un livre pour enfants qu'elle a lu avec sa fille, Lucia, une préadolescente qui se pose bien trop de questions sur la vie, l'amour, les garçons – auxquelles elle ne sait pas toujours répondre en tant que mère. Ketanji, elle, évoque le livre autour du projet 1619 du *New York Times*. 1619, c'est l'année de l'arrivée en Virginie, tout près de chez Ashli, des premiers Africains capturés de l'autre côté de l'océan et devenus esclaves dans un pays symbole de promesses pour tellement d'autres. Rien de surprenant, note Ketanji, dans ce livre, à part ce sentiment de regret qu'on peut avoir : l'Amérique aurait pu être différente. Un livre essentiel, donc, qui peut permettre à l'Amérique, dit-elle en citant le poète Langston Hughes, d'être la terre qu'elle n'a pas encore été, mais qu'elle doit devenir. L'Amérique qu'elle n'a jamais été pour Ketanji et ses ancêtres, mais qu'elle devra être, un jour. L'assistance applaudit, émue. Amy conclut sur une note plus légère. Le nouveau Jack Reacher – un suspense à couper le souffle, apprend-on, qui rend hommage aux forces armées américaines qui préservent la sécurité de ce pays. Les applaudissements sont un peu convenus, cette fois.

La coupure d'électricité, on a beau savoir qu'elle arrive et l'anticiper, elle a toujours le don de se produire au moment le moins propice, par exemple quand Ashli espérait en savoir plus sur les autres livres. Le miroir du salon lui renvoie un vague reflet aux yeux cernés et elle détourne le regard. Un silence éloquent s'est abattu sur le pays, invité à réfléchir, peut-être, sur le passé. Ou sur l'avenir.

Ashli est souvent tentée de se murer dans cette pause quotidienne, de s'isoler dans cette pénombre réconfortante. Mais le silence est parfois difficile à supporter. On ne sait pas toujours à quels chuchotements on s'expose. Alors elle se met presque machinalement à fredonner une chanson de son enfance, *The Final Countdown* – le décompte final. Ashli ignore qu'il s'agit de l'œuvre d'Europe, un groupe suédois. Les paroles collent assez bien à l'atmosphère : *Nous partons ensemble, / mais il s'agit tout de même d'un adieu / et peut-être que nous reviendrons / sur Terre, qui peut le dire ?*

Le jour se couche sur Franklin. On aperçoit la dernière bribe de soleil s'effacer entre deux arbres. *J'imagine que personne n'est responsable / nous quittons le sol / les choses seront-elles un jour comme avant ?*

Au loin, une voiture pétarade – à moins que ce ne soit un coup de feu (ou pire encore). On le saura probablement demain matin, aux nouvelles locales.

Qu'importe. Parce que c'est le moment qu'Ashli choisit pour saisir son coussin rouge, pour parler à son père, pour prendre de ses nouvelles.

Comment se porte-t-il ? Est-il heureux ? Ne t'en fais pas pour moi, répond-il inlassablement à sa fille adorée, je vais bien. Son père se montre laconique, désormais, dans ces conversations. Non qu'il soit devenu avare : il ne l'a jamais été, encore moins avec Ashli. Mais c'est la seule manière que cet homme simple a trouvée pour être convaincant, désormais. Pourquoi autant de tristesse autour de moi, papa ? Pourquoi ce sentiment d'être assiégée, d'être convaincue que la menace est encore là ? Il faut faire attention, lui répond-il. Ce pays, cette ville, ce quartier ont beaucoup d'énergie. Peut-être trop d'ailleurs. Ils vont chercher un objet sur lequel la focaliser. Et dans le vide, cette énergie peut devenir dangereuse, destructrice. Les pensées qu'elle engendre peuvent devenir folles, incontrôlables. La raison laisse place à la pulsion, à l'instinct. On oublie que les miroirs servent aussi à s'évaluer, à se rendre compte du fossé qui nous sépare de nos rêves. Alors on perd nos rêves et nos miroirs, sans trop se soucier des conséquences. On croit trouver notre salut dans la peur, dans le mensonge, mais tout ce que l'on récolte, c'est la haine, la colère et la violence. Et à la fin, il ne reste plus que des obsessions ou des regrets. Alors méfie-toi ma fille. Il est temps de revenir à l'essentiel. Je compte sur toi.

– Mais qu'est-ce que tout cela veut dire, papa ?

– À qui tu parles ?

Kurt est rentré.

Le duel domestique peut recommencer.

CHAPITRE 7

Soudainement, la lumière revient à Franklin. Et à Ashli aussi d'ailleurs : ce n'est pas Kurt, mais Tammy et Joe, ses meilleurs amis, qu'elle avait invités pour partager la côte de bœuf, trônant sur le barbecue du jardin et prête à être dégustée. Parfaite synchronisation de la vie, parfois.

Joe contemple son amie, songeur. C'est donc lui qui l'a réveillée de sa torpeur. Elle était décidée à ne pas se laisser faire (pour une fois) par Kurt, prête à se battre. Le cerveau d'Ashli est tellement programmé pour la confrontation, la lutte, qu'elle a donné une intonation bien différente à la question de Joe que celle-ci n'avait en réalité.

Joe ressemble à un grand frère qu'elle n'a jamais eu. Il a une tête ronde, le haut du crâne chauve au point d'être brillant. Des cheveux tout autour tellement bien taillés qu'aucun ne semble dépasser. Tout est en ordre chez cet homme aux airs de Steve Ballmer, l'ancien patron de Microsoft.

– À personne. Je fredonnais, répond Ashli en riant pour masquer son embarras et en posant la main sur le bras de son ami.

Une énergie unique se dégage de lui, comme un pouvoir thaumaturge. Un peu comme si sa réussite professionnelle d'hier et sa relative prospérité d'aujourd'hui le suivaient partout. Joe est de ceux qui ont longtemps nié la possibilité d'un Grand Chaos, jusqu'à moquer ceux qu'il appelait lui-même des prophètes de malheur. Il avait foi en l'Amérique, dans le progrès technique et dans les solutions que le pays savait élaborer face à chaque grand défi. Il a été le premier investisseur dans l'entreprise du père d'Ashli, au moment où le bateau commençait pourtant à tanguer. Les deux hommes s'étaient rencontrés à une réunion communale, comme le conseil de la ville en organisait avant les turbulences, pour souder la communauté locale de Franklin, et faire en sorte que toutes les couches sociales continuent à se parler. Avant même de le connaître, Joe avait fait taire tout le monde pour laisser la parole à cet intellectuel fascinant venu d'ailleurs, et qui pourtant ressemblait trait pour trait à Benjamin Franklin, l'un des pères fondateurs de cette nation. Tant d'égards pour un simple menuisier n'avaient d'abord inspiré à Alex, le père d'Ashli, que méfiance à l'endroit de Joe : était-il en train de se moquer de lui ? Mais il avait vite compris que Joe était un curieux pragmatique, prêt à trouver les clés du problème dans les endroits les plus improbables. Il était pour Alex un tourbillon d'énergie que personne ne réussirait à arrêter. C'était la relève. Et puis Joe était ambitieux. Il croyait en la capacité inaltérable de ce pays de se réconcilier avec lui-même. Oui, les États-Unis créaient leurs propres poisons, ceux qui permettaient bien trop souvent au pays de se saborder. Mais ils excellaient également dans l'art de l'élaboration de leurs antidotes. Pour le meilleur et pour le pire.

– Je fredonnais, répète Ashli pour se défaire du regard insistant de Joe.

Puis Joe avait vu le chaos arriver. Il avait su retourner sa veste au bon moment. Par opportunisme, disaient ses détracteurs à Franklin, devenus ses alliés objectifs. Par pragmatisme, se défendait-il : on avait atteint les limites du système, et il fallait changer si l'on voulait éviter la confrontation avec toute une frange de la population. Rapidement, radicalement. Si le chaos était la nouvelle réalité du pays, autant l'accueillir les bras ouverts, insistait-il, non sans provocation. Il fallait surfer sur le désordre, pour le rendre le plus constructif possible et ne pas en devenir des victimes passives. S'il fallait faire table rase du passé, autant s'y prendre dès maintenant. Il ne pouvait exister de vaches sacrées à protéger inconditionnellement. Tout était devenu négociable. Joe n'ignorait rien de la haine, de la peur, de la colère, du mensonge et de la violence qui s'exprimaient désormais dans les réunions communales, de cette énergie qui pouvait devenir destructrice si le système venait à s'affoler. C'étaient à ses yeux les vieilles obsessions et les regrets moisis d'un chapitre du pays qui refusait de se fermer. Il fallait pourtant avancer. Inutile de protester contre le système : il était moribond. Inutile de revendiquer ses droits ou d'exiger que l'État fédéral change : les autorités n'en avaient plus les moyens. Alors Joe avait fait un grand écart pour mettre ses actifs en sécurité et se protéger contre les turbulences – mots pudiques pour désigner ces hommes en noir – qu'il voyait arriver, au tournant de la rue. Aujourd'hui, Joe est un de ses rares locaux propriétaire de sa maison et de son entreprise.

– Quel plaisir de te voir, darling, lui dit Tammy, en se jetant dans ses bras.

Durant une fraction de seconde, Ashli observe le visage de son amie, se dit qu'elle a beaucoup vieilli, et regrette aussitôt ses pensées peu généreuses envers celle qui a toujours été à ses côtés. Elle se doit de trouver un sujet de conversation, mais la torpeur de tout à l'heure ralentit ses mouvements et ses réactions.

– On devrait faire cela plus souvent, vraiment, s'aventure-t-elle, tentant de regagner la cuisine et de paraître occupée pour masquer son embarras. Vous m'avez manqué.

Elle pose les deux mains sur le comptoir l'espace d'un instant, comme pour retrouver son équilibre rendu précaire par le retour abrupt de la lumière.

– Vous n'avez pas eu trop de mal à arriver ? demande Ashli avec un geste de la tête vers la rue, pour évoquer, sans le nommer, le chaos qui les entoure.

Son regard se pose sur Joe. Et comme souvent, s'impose à son esprit l'image de ce géant, tenant sur une épaule le cercueil de son père, et de l'autre main exerçant une délicate mais franche pression dans son dos à elle, pour lui intimer d'avancer, malgré la disparition de son seul guide, pour lui interdire de rester passive. Comme s'il lui restait Joe comme encouragement, dans la vie.

– Bah, tu le connais, répond Tammy. Ce vieil ours mal léché n'est pas toujours très doué. Il aurait du mal à trouver de la glace à Hubbard.

Hubbard. Le glacier d'Alaska. Un monde qui n'existe plus.

Et pourtant, ils rient. Mais avec une gêne palpable.

À Franklin, aujourd'hui, parler n'a plus rien de naturel. Le silence est devenu la norme.

Autrefois, on se parlait. Même sans se ressembler. Le civisme était une valeur, même feinte. L'invective, l'insulte : mal vues. L'autre n'était pas un ennemi.

Puis est venue la falsification des faits. Le poison a gagné du terrain. La parole s'est durcie. L'écoute a disparu.

On s'est habitué à accuser, à caricaturer, à mépriser. Et plus on se ressemblait, moins on se parlait.

Aujourd'hui, à Franklin, on rit dès qu'on peut. C'est tout ce qu'il reste.

– Mais bon, enchaîne-t-elle. Pourquoi faire vite quand on peut faire durer le plaisir.

Tammy adresse une grimace à son mari, pour tenter de le provoquer. Se sont-ils disputés, encore ? À moins qu'ils n'aient recours au stratagème désormais bien répandu qui consiste à créer une tension facile à gérer pour exorciser celles, extérieures, sur lesquelles on n'a aucun contrôle. Ashli se tourne mécaniquement vers Joe qui lève les deux mains et hausse les sourcils.

– Il a failli causer tout un carambolage, sur l'I-59, en arrivant, ajoute Tammy avec agacement.

Il y a bien eu une dispute.

– Ce n'est pas ma faute si les gens ne savent pas conduire. Ça n'est pas comme si on ne savait pas que les coupures de courant ont lieu tous les jours, presque à la même heure, râle Joe, en faisant un geste des bras comme pour chasser des moustiques. Ça fait combien de temps que ça dure, sérieusement ? Est-ce vraiment utile de freiner brusquement, comme ça ? Je te jure, je me demande ce que nous sommes devenus. Une république bananière !

Les deux femmes échangent un sourire convenu, s'accordant implicitement pour ne pas relancer Joe. Il a beau vieillir, il a toujours la même fougue intellectuelle, même s'il ne l'utilise pas toujours à bon escient. Mieux ne vaut pas nourrir la bête, comme elles se le disent souvent, préférant ne pas s'attarder sur ce genre de sujet. Après avoir ouvert le réfrigérateur et saisi une Budweiser, Joe, lui, s'assoit, ou plutôt s'effondre bruyamment sur sa chaise, tel un guerrier revenu du combat. Mais Ashli et Tammy ont l'habitude. Conduire, cela draine toute l'énergie de Joe qui en a pourtant beaucoup à dépenser. Il regarde autour de lui. Il a oublié l'ouvre-bouteille. Soupir. Il s'accroche à la table, se lève lentement, farfouille dans le tiroir, puis s'affale de nouveau. Cette fois-ci, cela lui vaut un soupir de réprobation de Tammy, qui s'est retournée pour le regarder d'un mauvais œil, depuis le comptoir opposé de la cuisine où elle est venue aider Ashli.

– Il n'est pas là ? demande soudainement Tammy à voix basse.

– Non, il est parti tout à l'heure. Je ne l'ai pas vu de la journée, répond Ashli en baissant les yeux, pour éviter de provoquer le sort.

Tammy a un nouveau soupir, de soulagement cette fois. Son inclination naturelle, c'est de jouer le rôle de l'avocate de la veuve et de l'orpheline. Mais la vérité, c'est qu'elle craint Kurt. Et elle ne s'en cache pas.

– Qu'est-ce qu'on mange ? interroge Joe, entre deux gorgées de bière, les yeux rivés sur la télévision, ne se rendant même pas compte qu'Ashli et Tammy l'ignorent royalement.

Dans le monde d'avant, Ashli rêvait de politique, en s'engageant, sur les pas de son père, dans le conseil de la ville. Joe, lui, rêvait d'argent et de construire des affaires. Tammy, elle, a rêvé toute sa vie de révolution dans tout ce qu'elle entreprenait. Mais elle souffre parfois de ses propres incohérences. Elle voulait un monde meilleur pour ses enfants, mais a renoncé à en avoir, au grand dam de son mari, avec qui elle ne partageait plus la même confiance en l'avenir. Elle désirait « la paix dans le monde », comme l'aurait déclaré une candidate un peu niaise dans un concours de beauté, mais elle était bien trop prudente pour s'aventurer sur des terrains au-delà de Franklin qu'elle ne connaissait pas, même si elle avait du mal à se l'avouer. Elle disait à qui voulait bien l'entendre que son Joe de mari finirait, tôt ou tard, par montrer la voie à cette ville, qui pourrait alors devenir un exemple pour le reste du pays, mais elle a du mal à admettre que Joe, justement, n'a plus vingt ans, et que ses années d'influence sont peut-être derrière lui. Cette belle femme aux longs cheveux bruns, au regard bienveillant, dépasse ses deux interlocuteurs d'une tête. Mais intérieurement, elle se sent petite.

– On a encore dû traverser le grand fossé, avec tous ces drogués, tente Joe pour changer de sujet, avant de se rendre compte que ses propos ne font que dévier très légèrement la conversation de Kurt.

Puisqu'il en est là, il continue.

– Je te jure : cette ville est devenue une maison pour les zombies. Ils se parlent, mais ne s'écoutent pas. Ils ne se *regardent* même pas. J'en ai vu deux qui essayaient de se serrer la main. Ils s'y sont pris à plusieurs fois, mais ils n'y parvenaient pas : leurs mains se croisaient dans le vide.

Tammy regarde le sol. On marche sur des œufs, tout le monde le sait. Il vaudrait mieux ne pas aborder le délicat sujet de l'addiction du grand absent de la maison. Et là, on s'en approche dangereusement.

– Et puis il y a ceux qui font des gestes incohérents ou qui parlent tout seuls, se lamente-t-il en reprenant quelques gorgées de bière. Si ce n'est pas absurde tout cela, franchement ?

– Ils ont juste eu le mauvais goût de se trouver dans le mauvais camp quand on a sifflé la fin de la partie, dit Tammy pour évoquer pudiquement le Grand Chaos. On leur a collé l'étiquette de traîtres. Pas de subvention, pas d'aide pour eux. Et voilà le résultat. Ne l'oublie pas. Quelques semaines de plus, et qui sait, on aurait été comme eux, sans aucune aide fédérale pour nous en sortir. Pendant ce temps-là, on parle d'engager un grand processus de réconciliation, dans la capitale. Comme si de rien n'était. C'est révoltant.

– Il faudrait, à un moment ou à un autre, finir par compter sur soi-même, rétorque Joe.

La réponse se veut calme et factuelle, mais elle a le don d'horripiler Tammy, activiste de cœur.

– Raisonnement de riche…

– C'est trop facile, Tammy. Il faut arrêter avec cette révolution permanente. On ne sait pas faire dans la modération dans ce pays. On doit toujours se prendre le retour du pendule en pleine figure. Les années 1960 n'ont pas plu aux conservateurs ? Ils ripostent, encore plus durement. Les gauchistes crient au scandale ? Ils contre-attaquent, avec encore plus de férocité. Et à force de se battre, voilà où on en est. Ma…

Il se reprend, sa langue a manifestement fourché.

– La révolte permanente m'a épuisé. Oui, c'est difficile. On a appris, à nos dépens, que mépriser ce qui nous dépasse, haïr la mort et se passionner pour la vie, cela ne peut qu'entraîner des peines difficiles à surmonter. Mais c'est ce qui nous rend humains, même si nous sommes condamnés à ne rien accomplir. Je préfère m'en moquer de tout cela. Accepter l'absurdité. Cesser de chercher un sens à tout ce désordre. En rire, et décréter que nous serons heureux, malgré tout. Être reconnaissant de ne plus me voiler la face, d'apprécier la vie. Je n'ai plus envie de m'apitoyer sur notre sort. J'ai envie de rebond. Et là, les choses reprendront peut-être un sens.

– Tu dis cela parce que toi, tu étais du bon côté de la barrière à la fin… soupire Tammy après un silence.

– J'ai connu des hauts et des bas, moi aussi, objecte Joe. Mais je ne suis pas tombé dans les mêmes excès qu'eux. Aujourd'hui, on se drogue pour éviter de souffrir. Un nouveau pansement sur une jambe de bois. Il y en a tellement, des pansements, qu'on ne se rend même plus compte que le bois, en dessous, a complètement pourri. Ils ne savent plus se contrôler. *Nous* ne savons plus *les* contrôler.

– Mais tu parles comme un privilégié !

Le ton est monté d'un cran. Ashli baisse les yeux. Dans le monde d'avant, elle aurait pu jouer les juges de paix. Ce soir, ses épaules lui font mal. Tammy, pour sa part, ne veut pas en rester là.

– Et tu veux faire quoi de ces malheureux, au juste ? embraye Tammy, un peu offusquée par la nouvelle tirade de son mari. Les mettre en prison ? Elles sont un peu pleines. De vrais traîtres pour le coup, qui n'ont eu aucun égard pour nous ni pour notre avenir.

Ashli regarde par la fenêtre, dans l'espoir de trouver de l'inspiration pour contribuer au débat en cours. Mais son cerveau refuse de coopérer.

– Ils consomment certes, continue Tammy. Mais tout a commencé avec la première crise qui a touché ce pays, quand la mobilité sociale est morte en Amérique. On en parlait moins que les opiacés ou des malades extrémistes qui nous gouvernaient. C'était moins visible, alors cela paraissait moins urgent. Et quand tout a été figé dans ce pays, ils se sont mis à consommer. Avec nos encouragements pour oublier. On refuse de les aider, mais pour leur fournir leur anesthésiant et acheter la paix (mot qu'elle prononce avec sarcasme), tout le monde répond présent. Ils devraient s'arrêter immédiatement parce qu'on l'a décrété ? C'est un peu facile… « Inutile de dire qu'une civilisation qui laisse insatisfaits un aussi grand nombre de ses participants et les conduit à la rébellion n'a aucune perspective de se maintenir de façon durable et ne le mérite pas ».

Freud. Le monde d'hier de Tammy la révolutionnaire. Un monde qui n'existe plus. Mais quel mélange détonant, se dit Ashli. Tammy, fière de son coup, hausse les épaules et adresse un clin d'œil malicieux à son mari. Comme si elle venait de marquer un but, après une feinte que personne n'avait vue venir. Elle continue, voyant une opportunité de transformer l'essai.

– Tu te rends compte qu'autrefois, Franklin était la ville du pays où l'on se suicidait le moins ? Maintenant, plus personne n'obéit à rien. Les citoyens aux lois. Les humains aux règles basiques de la bienséance. La nature aux principes de base auxquels on était habitués. Cela ne gêne personne. Jusqu'à ce que quelqu'un doive en payer le prix, vous verrez. Le meilleur des mondes ! Jusqu'à ce que nous aussi nous devenions des zombies. De nouveaux pauvres. Il n'y aura plus personne pour nous aider. Charité chrétienne, qu'ils disaient…

Un papillon dehors attire le regard d'Ashli. Son père disait que les papillons du soir étaient en fait des ancêtres qui venaient vous rendre visite.

– Ce monde devient impossible à comprendre. Alors quelle motivation ont ces drogués pour sortir de leur état, dis-moi ? Quel intérêt ? C'est nous qui les avons exclus. C'est à se demander si leur condition n'est pas plus enviable. Au moins, ils ne se rendent pas compte de ce qui se passe. De ce qui s'est passé.

La voix de Tammy s'est presque éteinte sur la fin de sa phrase.

– Que c'est difficile de se projeter, se résout-elle à poursuivre, d'une toute petite voix. On est prisonniers de ce qui s'est passé. Une prise d'otage dans laquelle il est interdit d'inspirer.

Elle lève la tête brusquement, presque honteuse de son lapsus.

– D'espérer, je voulais dire, se corrige-t-elle.

Joe pose sa main sur l'épaule de sa femme, en bon patriarche qu'il est. Ashli se prend à sourire, oubliant presque ses inquiétudes et ses peurs d'il y a quelques instants, et les propos de son mari qui l'ont contrariée. Et comme chaque fois, Joe se met à chantonner la chanson des Monty Pythons, *Always Look on the Bright Side of Life*, qui se termine par l'incontournable *Always Look on the Bright Side of Death.* Officiellement, Tammy déteste cet humour noir. Mais elle aime son mari.

– Nous n'avons pas dit notre dernier mot, tempère Joe. On est tous américains. C'est un solide dénominateur commun, non ? Chaque génération a cru qu'elle devait refaire le monde. La mienne ne sera pas la dernière, je te le dis !

Il parle comme un entraîneur de football américain, pour motiver les troupes. Mais il esquive le regard sceptique de sa femme, préférant l'attention d'Ashli.

– Et puis, même si cela me déplaît fortement parfois, chaque Américain peut se reposer sur sa tribu. On a tous une tribu. Qu'on soit chrétien, hippie, homo ou sportif, il y en a pour tous les goûts. Si on s'en souvient, cela sera la fin de la solitude.

– Tu as le luxe de raisonner ainsi, je te le répète, riposte Tammy. En revanche, quand on a tout perdu, on ne peut faire que des bêtises, dans l'urne quand on a encore une once d'énergie, et dans la rue avec les armes, quand on n'en a plus.

– Je veux bien que les dés soient pipés. Mais on fait quoi ? On reste en colère sa vie entière ? Envers qui ?

L'espace d'un court instant, les yeux de Joe s'arrêtent sur Ashli. Il le regrette, mais trop tard : ses deux interlocutrices ont bien compris de quel absent Joe parle.

– On cumule tous les inconvénients d'une société en miettes, poursuit-il avec plus de douceur. Et bien entendu, aucun filet de sécurité pour amortir le choc, aucun garde-fou qui pourrait nous protéger. Alors tout devient rétribution. Je suis plus vieux que vous deux. Et je me souviens d'une époque où l'on faisait confiance à l'autre. Ou on rappelait aux élèves que depuis la guerre civile, la première, précise-t-il, on parle des États-Unis au singulier en anglais. On dit *The United States is*, et non *The United States are*. Maintenant, c'est comme si on n'était jamais trop prudent. La méfiance est devenue maladive. Comme si l'autre était nécessairement dangereux, alors qu'on sait ce qui se passe, en réalité. C'est malsain. Que ce soient les inconnus dans la rue, les voisins, les collègues…

– Pour ceux qui en ont, dit Tammy, en riant jaune.

– Les collègues, poursuit Joe en ignorant la pique, la famille, et parfois même dans le couple.

Joe se retient de se taper le front après cette nouvelle bévue. Ashli, poliment, fait mine de ne pas avoir entendu.

– Quand tout le monde se focalise sur son destin individuel…

Mais Joe ne peut pas finir sa phrase.

C'est toujours la même sensation glaçante. Cela commence, en une fraction de seconde, avec le bruit sourd, mais terrible, des vitres qui s'effritent. Puis le vacarme épouvantable. Ashli s'est souvent demandé comment les vitres pouvaient sembler s'émietter avant même qu'elle entende les coups de feu et les bombes à fragmentation. Cependant, elle n'a pas beaucoup de temps pour considérer la question. Tous les trois savent ce qu'ils doivent faire avant que les vitres ne se désagrègent complètement : se jeter par terre, et ramper dans l'isoloir, cette pièce protégée, imposée dans toutes les maisons par les pouvoirs publics depuis le Grand Chaos. L'isoloir, dans la maison d'Ashli, c'est la salle de bains, ainsi que l'énorme affiche le proclame sur la porte d'entrée, comme le veut la loi.

Ils s'y réfugient tous les trois. Attendent. Un long moment. Le temps que le calme regagne le quartier et que le chien d'en face se remette à aboyer, un peu comme pour sonner la fin de la partie.

Joe et Tammy aideront Ashli à tout remettre en ordre et à débarrasser le sol des débris. Avec prudence, pour éviter de se couper, surtout. Et en silence. Ils attendront ensemble l'entreprise mandatée par la compagnie d'assurance, qui intervient habituellement dans l'heure qui suit l'attentat pour remplacer les vitres cassées. Puis, ils s'enlaceront et se diront à bientôt, pour mieux conjurer le sort.

Mais pour l'instant, ils restent les uns contre les autres, sidérés, prostrés et consternés. Ils savent très bien ce qui vient de se passer et ce qui risque de se produire.

CHAPITRE 8

« Une nouvelle attaque de sécessionnistes a encore frappé le pays, à Franklin cette fois, la petite ville qui se trouve… »

Ashli écoute d'une oreille distraite. Elle enlace son coussin rouge. Le sens des mots, pris un à un, a beau être transparent, leur enchaînement donne le tournis. Ashli est comme une convalescente qui n'est plus sous anesthésiant et qui prend soudain la mesure de la longue marche qui lui reste à accomplir avant de retrouver un semblant de normalité. Sa main lui fait mal. Et elle est seule. Encore.

« Le président a appelé au calme dans les quartiers alors qu'une nouvelle chasse à l'homme s'est engagée. Deux morts, victimes de lynchage, sont… »

Ashli voudrait éteindre la télévision, mais elle ne parvient pas à s'y résoudre. Elle en est presque à attendre, avec impatience, une nouvelle coupure de courant, qui imposerait un silence salvateur. Mais pour l'instant, cette coupure ne vient pas. Les images s'enchaînent et la violence s'installe, comme dans un mauvais western dont l'issue ne laisse aucun doute : tous les protagonistes vont mourir. Sauf que cette fois, Ashli le sait, elle fait elle-même partie du scénario.

Il fait très beau ce matin à Franklin, le soleil pénètre dans toute la maison. Difficile, dans ces conditions, d'échapper à la lumière éblouissante, de trouver l'obscurité apaisante et de mettre la réalité à distance. Même l'isoloir qui donne sur un petit jardin, censé pourtant être un espace protégé, qui est entouré de quatre longs murs, auquel personne ne peut accéder depuis l'extérieur, n'est pas immunisé contre la lumière. L'emprise du soleil est totale. Il faut passer à autre chose, et vite, pour ne pas être aveuglée par autant de lucidité.

Ashli tente d'abord de revenir à un livre qu'elle a maintes fois abandonné. Son père lui avait offert la nouvelle édition à l'occasion de sa première élection. Mais elle n'a jamais vraiment réussi à en percer le sens. C'est un livre de physique qui porte sur la théorie de l'univers-bloc, l'idée selon laquelle le passé, le présent et le futur existent simultanément dans un grand ensemble.

Elle a accouru dans l'atelier de son père, une fois l'école finie. Elle est petite encore, mais elle a mis ses chaussures qui courent vite, afin de retrouver son père le plus rapidement possible. Une fois entrée dans l'atelier, elle est surprise par le silence inhabituel qui règne. Elle le cherche, et le trouve assis sur le canapé du grand-père, comme l'a nommé Alex.

– Papa, qu'est-ce que tu fais ? s'écrie-t-elle.

– Je lis ma chérie, je lis, répond-il joyeusement, avec son accent chantant, en posant son livre sur l'établi.

– C'est une histoire de princesse ? demande-t-elle.

Il rit.

– Presque. Sur la théorie de l'univers-bloc.

– Quoi ?

Il la prend dans ses bras et s'installe à nouveau sur le canapé.

– Imagine que l'univers est un grand livre d'images, comme celui-ci, dit-il en attrapant le catalogue de sa boutique qui recense tous les produits qu'il a vendus depuis son ouverture. Chaque page du livre représente un moment différent. Si tu ouvres le livre au milieu, tu vois des images de maintenant. Si tu tournes quelques pages en arrière, tu vois des images d'hier, et si tu continues à aller vers le début du livre, tu trouves des images du passé, comme quand tu étais bébé. Et si tu tournes les pages dans l'autre sens, vers la fin du livre, tu verras des images de ce qui va se passer demain, puis après-demain, et ainsi de suite.

Il saisit sa tasse, savoure une gorgée de café. Ashli le regarde patiemment, sachant que la conclusion de son explication arrive.

– La théorie de l'univers-bloc, c'est un peu comme ce livre. Elle dit que le passé, le présent et le futur existent tous en même temps, comme les pages du livre. On ne peut pas changer les images sur les pages, elles sont déjà là, fixées pour toujours. Nous, on est comme des lecteurs qui avancent à travers le livre, vivant chaque page l'une après l'autre, ignorant que toutes les pages sont déjà écrites. Alors, même si nous avons l'impression que le temps passe, c'est un des secrets du temps qui s'accélère : il brouille les pistes, fait mine de reproduire des schémas passés. Et lorsqu'on se rend compte de ses fourberies, il est déjà trop tard. On croit que les choses changent,

mais dans l'univers-bloc, tout est déjà là : le début, le milieu, et la fin de notre histoire, tout comme toutes les pages d'un livre.

– Tout est déjà écrit ? On ne peut rien changer ? s'inquiète la petite Ashli.

Il marque un temps pour considérer la question de sa fille. Elle savoure le moment d'attention.

– C'est ce que les savants convaincus par cette théorie pensent. Mais moi, je vois les choses différemment.

– Différemment ? interroge Ashli, perplexe.

– Les images sont peut-être imprimées. Mais elles ne prennent un sens que lorsqu'un œil humain les interprète. C'est ce regard qui leur donne vie. C'est ainsi qu'on donne un sens à notre histoire. C'est d'ailleurs ce qui nous distingue des autres êtres vivants et des autres intelligences non humaines : nous savons et nous aimons raconter des histoires, sur ce que nous avons été, sur ce que nous sommes et sur ce que nous serons. On assure ainsi notre avenir. Nous avons tout le pouvoir de décider le sens que nous voulons leur donner. Par nos choix et nos décisions de tous les jours, nous leur donnons la lumière ou l'obscurité qu'elles ont. Nous obtenons ce que nous méritons.

La petite Ashli n'est pas convaincue. Mais c'est l'heure du dîner.

Des années plus tard, tout cela reste cryptique pour Ashli. Le temps serait comme une dimension spatiale, et tous les événements temporels seraient fixés et immuables. L'avenir serait aussi réel et déterminé que le passé. Le temps qui passe serait une illusion. Nos cerveaux sont câblés pour un monde linéaire, mais rien ne l'est vraiment. C'est la fourberie du temps qui passe, comme le disait son père. Ashli a beau avoir l'impression de faire tous les efforts du monde, elle ne parvient pas à saisir le sens de tout cela, bien qu'elle ait une intuition de ce qui se joue.

Elle est épuisée et n'a plus envie d'entreprendre quoi que ce soit. Alors, il ne reste plus qu'une chose à faire dans ces moments-là, céder à ce plaisir aussi honteux qu'inavouable à Franklin : regarder un match de base-ball des Yankees de New York.

Le problème, d'ailleurs, ce n'est pas de regarder le base-ball. Tout le monde le fait dans la ville : c'est le passe-temps préféré des Américains, et peut-être le sport qui explique le mieux la réalité du pays. Même ceux qui ne suivent pas régulièrement les matchs connaissent le nom des légendes qui ont parcouru les terrains – ou les diamants, comme les appellent les puristes, en référence à leur forme – de tout le pays. Le base-ball nourrit les espoirs des jeunes et des moins jeunes : il n'est pas particulièrement difficile d'y jouer ni d'en comprendre les règles, quand on y met du sien. Et quand on y parvient, c'est comme un accomplissement, quelque chose dont on peut être fier.

Le brouhaha constant et l'excitation d'un stade se transmettent avec une facilité déconcertante, enivrante, d'amateur en amateur, qu'ils se trouvent dans l'enceinte même ou dans un salon, face à la télévision, loin du parc. On en oublie la lenteur d'un match, qui peut durer trois heures, alors que les actions de jeu véritables peuvent se limiter à une dizaine de minutes, tout au plus, au long de la partie.

Certaines séquences peuvent d'ailleurs être extrêmement rapides. Les autres permettent un petit pèlerinage au frigo ou aux toilettes – même s'il convient de ne pas s'éterniser, au risque de rater une action clé du match. Elles peuvent être aussi l'occasion d'une discussion, parfois animée, portant sur qui mérite véritablement le titre de légende du base-ball – on partage rarement la même opinion sur ce sujet, même entre connaisseurs. Ces séquences plus lentes peuvent aussi nous rappeler qu'il est inutile de se presser dans la vie : il convient simplement d'attendre la bonne occasion. Et puis il y a tellement de matchs dans une saison – chaque équipe en joue cent soixante-deux, au moins ! Même quand on en rate un, la probabilité qu'on ait manqué quelque chose de fondamental est bien basse. C'est un des feuilletons des plus faciles à suivre… Tant qu'on a la patience, en réalité.

Il y a aussi quelque chose de poétique, dans ce jeu. Au base-ball, l'équipe adverse fait tout pour jeter une balle en bois étonnamment dure au-delà de vous. Si cette balle venait à vous heurter dans n'importe quelle partie du corps, et plus particulièrement à la tête, vous pourriez souffrir de douleurs atroces. L'équipe rivale vous envoie donc, de toutes ses forces, ce qui ressemble bien à des ennuis. À vous de riposter, en essayant de les lui renvoyer aussi loin que possible. Quand la balle aboutit en dehors du stade, vous avez gagné un voire plusieurs points. Et les ennuis ont disparu, sont annulés. La récompense dépasse ainsi les points que vous avez récoltés : vous avez gagné le droit de passer à autre chose, de penser à autre chose.

Et enfin il y a quelque chose de stratégique et d'historique dans le base-ball. On raconte que pendant la Deuxième Guerre mondiale, l'armée américaine a longtemps débattu de la forme que les nouvelles grenades devaient prendre. La décision ultime fut sans appel : on opta pour la forme des balles de base-ball que les *boys* sauraient sans conteste mieux manipuler qu'autre chose. On raconte aussi que le lanceur légendaire Randy Johnson a un jour confié à un journaliste qu'il n'avait pas besoin d'arme à feu : si quelqu'un venait à le cambrioler quand il était chez lui, il lui suffisait d'envoyer sur le malfrat les balles qu'il gardait près de son lit. À plus de 164 km/h, ce genre de projectile en bois peut en dissuader plus d'un.

Non, le problème n'est vraiment pas d'aimer le base-ball, une passion nationale heureuse, une véritable partie de l'ADN du pays – du moins, ce qu'il en reste.

Le problème, c'est d'aimer les Yankees – ou, selon l'expression consacrée en dehors de New York, l'Empire du Mal. Et pourtant, Ashli ne peut résister à cette tentation-là. Parce qu'il y a toujours eu quelque chose de grandiose dans cette équipe. Parce que les Yankees, c'est aussi des supporters fanatiques, dont beaucoup de juifs et d'Italiens. Après une défaite, comment rester insensible à des réactions qui mélangent le désespoir d'un juif ashkénaze à l'exubérance et l'exagération d'un Sicilien ? Ils sont prêts à conspuer l'entraîneur, à lui promettre l'enfer, après le moindre échec. Du moins jusqu'à la prochaine victoire, parce qu'au base-ball, les insultes n'ont pas de mémoire. Et puis parce que les Yankees, c'est une histoire de légendes, mais aussi une histoire américaine que tout le monde connaît. Un commentateur sportif a écrit qu'aucun autre sport n'attachait autant d'importance à l'histoire que le base-ball. Chaque saison, on se souvient des records d'hier, et on en établit de nouveaux. En jouant au base-ball, on écrit une partie de l'histoire de l'Amérique, tous ensemble. À un moment où le pays manque justement cruellement de dénominateur commun.

Et puis il y a bien sûr le côté cérémonial du sport. Où que l'on soit, indépendamment du stade, de la ville, des équipes qui s'affrontent, de la météo ou de l'heure de la journée, pendant un match, au milieu de la septième manche, on chante tous ensemble la même chanson : Blanc, Noir ou autre, républicain ou démocrate, unioniste, indépendantiste ou indifférent, homme, femme ou enfant, hétéro, homo ou autre… qui que vous soyez, *quoi que vous soyez*, à ce moment précis de l'histoire, vous chantez. Tous.

Ashli la fredonne toujours, pour se donner bon moral, pour penser à autre chose. *Emmène-moi au match de base-ball / Emmène-moi avec la foule.* Le premier couplet, entonné par son père, annonçait l'heure d'aller au lit, quand elle était petite.

Achète-moi des cacahuètes et des Cracker Jacks. Les Cracker Jacks sont une marque de pop-corn caramélisé que tout le monde aime aux États-Unis. Et bien plus encore, dans la famille d'Ashli. Pour son père, c'était à la fois le symbole de toutes les privations qu'il avait endurées pendant son enfance, et tout le luxe qu'il se faisait un malin plaisir d'offrir à sa fille. Sa revanche sur l'histoire : sa fille ne connaîtrait jamais la frustration qui avait rythmé sa vie d'enfant, il y était résolu. Sa révolte, sa résistance contre l'oppresseur d'hier.

Je m'en moque si je ne reviens jamais. Ashli s'est souvent interrogée sur le sens de cette phrase, même si, inconsciemment, elle sait tout à fait ce dont il est question. S'évader. Loin de la réalité qui a de quoi donner le vertige, parfois. Après tout, quand il y a autant d'histoire en jeu, autant de records à établir, de gestes à mettre en scène et d'anecdotes à raconter, qui a besoin du présent ? Celui-ci semble tellement insignifiant par rapport au temps long. Avec le base-ball, on se trouve coincé dans cet espace-temps sidérant, qui appartient un peu au passé et à l'avenir, mais indubitablement pas au présent. C'est le paradoxe et le privilège des souvenirs d'hier et de ceux qui restent à écrire. Comme une méditation qui ne prendrait jamais fin.

Laisse-moi soutenir, soutenir, soutenir l'équipe qui joue à domicile, si elle perd, cela serait dommage. Car c'est une, deux, trois prises, ton retrait et un match de base-ball terminé. Bien sûr, ce couplet énonce la règle la plus connue du base-ball : vous avez trois chances pour essayer de frapper la balle. Chaque fois que vous ratez, c'est un « retrait », ou *strike.* Mais pourquoi lier cette évidence au soutien de l'équipe à domicile ? Dommage si elle perd, certes. Mais cela dépend aussi de celle qu'on soutenait initialement, non ? Ashli se souvient qu'elle n'a jamais eu de réponse de son père… Mais qu'importe. Parce que c'est pour ce dernier couplet que la communion, que l'on soit amateur des Yankees ou non, est la plus forte. C'est là où même les plus timides s'époumonent et hurlent, avec tous les autres, ce rappel des règles : on n'a que trois chances pour essayer de renvoyer la balle. Sinon, c'est terminé. Une leçon de vie. Ce que l'Amérique a de plus universel, de plus unificateur. Quand on chante, on oublie le temps. On oublie les ennuis. On oublie les différences. On oublie le climat turbulent qui nous entoure. On ne voit pas l'heure passer.

C'est toujours à cet instant précis de la chanson qu'Ashli se souvient de cette mystérieuse fable que lui racontait son père juste avant de lui souhaiter une bonne nuit. L'histoire des trois pères : celui qui voulait reconstruire le monde avec ses mains, celui qui voulait le réparer avec son esprit, et celui qui encourageait les deux autres. Trois pères fondateurs, avec chacun leur objectif complémentaire. L'action de l'un tirait sa cohérence de l'existence des deux autres. Sans les deux autres, la vie du troisième était bancale, son chemin indéterminé. Mais ensemble, ils pouvaient imaginer de grandes choses…

L'heure passe. Ashli regarde sa montre. Elle fronce les sourcils quand elle s'aperçoit que celle-ci affiche 10 heures du matin. Elle s'est arrêtée. Inutile de consulter son portable : le réseau de télécommunication ne se synchronise plus avec les téléphones qui affichent des heures fantaisistes auxquelles personne ne prête attention.

Ashli ne s'est pas rendu compte du dysfonctionnement de sa montre. Il est midi passé, un dimanche. Kurt et ses amis ivres vont arriver, comme chaque semaine. Elle veut éviter la confrontation, surtout quand ils ne sont pas seuls. Fuir son domicile, jamais de gaieté de cœur. Mais l'instinct prend le dessus, pour indiquer au reste du corps qu'il n'y a pas d'autre option possible. Jusqu'à ce que le bruit de la porte lui signifie qu'il est en fait trop tard pour échapper à l'affrontement.

CHAPITRE 9

Cette fois-ci, c'est terminé, Ashli se le jure. Elle le quittera. Demain.

Elle est assise sur le siège conducteur de sa Prius immobile, la main sur la joue. Sa main lui fait mal. Sa joue lui fait mal. Mais la source de la douleur n'est pas la même. Sa main, qui n'a pas tout à fait cicatrisé depuis son contact avec le débris de verre oublié, c'est la victime collatérale d'un pays qui ne tourne plus normalement, qui semble se chercher indéfiniment sans trouver le nouvel équilibre dont il a besoin pour fonctionner à nouveau. Sa joue ensanglantée, c'est le symptôme d'un duo qu'elle formait autrefois avec Kurt, qui n'a pas résisté au changement et à l'épreuve et qui s'est transformé en duel.

Cela ne devait pas se passer ainsi.

Toute cette relation violente n'était pas écrite d'avance. Elle fréquentait quelqu'un d'autre, à l'époque. En secret, parce que sa couleur de peau ne correspondait pas aux normes de Franklin. Personne n'avait jamais pris le temps d'énoncer les règles à Ashli, mais tout le monde les connaissait, bien entendu. Et cela avait été douloureux pour elle : on a beau lutter contre l'attirance, on n'y arrive pas – aussi traditionaliste qu'on s'imagine. Jusqu'à commettre l'irréparable, en mettant fin à une grossesse par un geste contre lequel on a pourtant toujours milité au nom de la moralité. Mais quand la fréquentation risque de ne plus être secrète…

Kurt se trouvait là, au croisement de Franklin Avenue et de Main Street, devant un mur sur lequel se déploie encore une fresque énigmatique : la peinture du personnage emblématique du Monopoly, s'envolant (à moins qu'il n'atterrisse) en parachute, avec un sac vert plein d'argent – c'est du moins le symbole $ qui figure sur le sac qui le laisse penser. Car, pour autant qu'on le sache, son sac est plein d'air. Des billets flottent tout autour de lui d'ailleurs. Il les a peut-être déjà perdus. En bas, quelques figures historiques, dont Cléopâtre, Martin Luther King et Gengis Kahn, l'attendent. En messie ? Ou comme ennemi ? On ne le sait pas. À vrai dire, à Franklin, on ne se pose plus ouvertement la question.

Comme à son habitude, à l'époque, Kurt jouait de la guitare. Seul, cette fois-là, sans son groupe. Il l'avait peut-être vue, les yeux rougis par la douleur de la rupture (ou par la colère). D'autant plus rouges que son état avait sans doute renforcé sa pâleur habituelle. Il s'était donné pour mission de la faire sourire, aimait-elle penser. Il chantait Van Morrison et semblait cultiver la ressemblance avec le chanteur, plus jeune. C'était comme s'il s'adressait à elle pour lui rappeler qu'ils auraient où aller, même quand les mauvais jours viendraient. Une cachette au pied d'un arbre, pour jouer, rire et sauter plus haut encore ensemble. Et puis se lèverait la brume du matin. (Parce qu'il fera toujours jour demain.) Leurs cœurs continueraient de battre. Et elle serait, pour toujours, la sienne, la fille aux yeux marron, sa *brown eyed-girl.*

Alors, à leur tour, ils avaient commencé à se fréquenter. La vie s'écoulait doucement. Ashli avait oublié ses maux passés. Aucun d'eux n'avait de contraintes particulières. Leur ville, théâtre de leur rencontre, avait beau se crisper et s'immobiliser, eux s'étaient endormis. Ils allaient ensemble à l'ancienne mine de charbon, désaffectée depuis longtemps, avec une vieille radio. L'endroit était baigné de soleil à une époque où la lumière leur était encore agréable. Les odeurs de printemps se prêtaient à l'oubli. Juste à côté de la mine, une petite chute d'eau pouvait masquer toutes leurs conversations. Ils avaient revendiqué la propriété du lieu, avec la sensation que rien ne les atteindrait dans ce refuge confortable, immunisé contre les soubresauts extérieurs. Là où l'on pouvait contempler les arcs-en-ciel après l'orage. Là où l'on pouvait glisser sur le cours d'eau et échapper à tout. Là où elle était sans conteste sa *brown eyed-girl.* Et il lui chantait…

Sha-la-la, la-la, la-la, la-la, la-la tee-da

Vint le mariage. Puis l'accident.

Un coup de tête. Une bagarre. Et l'irréparable. Sans aucune solution, cette fois. Il se voyait en haut de l'affiche, une star de rock qui ferait des tournées un peu partout aux États-Unis avec Ashli à ses côtés, bien sûr. Sa main broyée ne lui permettait désormais plus de rêver. Alors il s'était enfermé, sans trouver de sortie. La solitude. Ses amnésies. Ses souvenirs. Ce qu'on fait derrière le stade, ou sur la pelouse près de la mine, mais dont on ne parle jamais dans une société si traditionaliste. Avec sa *brown eyed-girl*. Il continuait de chanter, mais seul…

Sha-la-la, la-la, la-la, la-la, la-la…

Elle a essayé de ne pas abandonner. Un débat national s'était enclenché avant le Grand Chaos. Elle l'avait imposé au sein du conseil de la ville, pour que les autorités locales puissent agir. Le mot de « douleur » était sur toutes les lèvres. Il fallait repenser l'approche, disait-on. On commençait seulement à évoquer les opioïdes à l'époque. La recette miracle, pour mettre définitivement fin à la douleur, dans un pays dans lequel on avait déjà trop souffert. Son inventeur accusait d'ailleurs ouvertement la communauté médicale américaine d'avoir ignoré les effets et les méfaits de la douleur. Enfermée dans sa tour d'ivoire qui lui permettait de feindre de ne pas voir le reste de la société, ou pire, coupable d'avoir prétendu que la douleur, on pouvait vivre avec, la médecine américaine s'était fourvoyée, dénonçait-il. C'était à cause d'elle que l'Amérique ne pouvait pas vivre pleinement et jouir de son potentiel. La douleur avait pris le dessus et l'empêchait de réfléchir, de penser, de créer. Et même d'aimer. Il avait eu le mérite, aux yeux d'Ashli, de nommer les maux qui avaient frappé son homme, son couple, sa ville.

Le docteur qui avait pris en charge Kurt avait trouvé les mots rassurants : ne pas traiter la douleur, telle était la véritable faute morale. Il était inutile de souffrir quand on avait les moyens de l'éviter. Et qui sait, sans souffrance, la main de Kurt pouvait peut-être retrouver un semblant de mobilité et lui permettre de se remettre, un peu, à la guitare. Laisser souffrir, c'était impensable. La douleur était devenue un signe vital, au même titre que la fréquence cardiaque, la respiration, la tension artérielle et la température. Et Kurt, tout comme Ashli par extension, avait le droit de retrouver sa vie d'avant. C'était du moins la promesse du médecin, et de la médecine américaine. Ashli s'est prise à rêver de pouvoir prendre son exemple personnel de réussite, et d'inspirer toute la ville, toute la région, voire tout le pays. Et tout cela, sans courir le risque d'addiction qu'on pouvait craindre. Le médecin lui avait promis.

Et c'était raisonnable de penser ainsi. Après tout, c'était une question d'honneur de la communauté médicale américaine qui ne pouvait se permettre de dire autre chose que la vérité. Le docteur de Kurt, lui, s'était laissé convaincre par un commercial d'un laboratoire pharmaceutique, déterminé à promouvoir ces opiacés comme remède universel. Le commercial avait fait du médecin son meilleur ami, en lui offrant tout ce dont il rêvait : concerts, séjours dans des hôtels de luxe… Dans une société aussi restreinte que celle de Franklin, cela avait fini par se savoir. Cependant, Ashli avait préféré l'ignorer à l'époque, malgré les murmures au conseil de la ville. Elle voulait croire, pour une fois, dans la modernité, dans le progrès et dans les efforts et les capacités de son mari.

Sha-la-la, la-la, la-la, la-la…

Mais rien ne s'est passé comme prévu.

La recette miracle n'en était pas vraiment une.

On assurait qu'aucun effet de dépendance n'était à craindre de ce médicament, mais c'était faux. Il avait transformé Kurt, devenu méconnaissable tant physiquement qu'intellectuellement.

D'après les données mises en avant, moins d'un pour cent de la population subirait des effets d'addiction. Mais les données étaient déformées et les pouvoirs publics avaient été poussés, malgré eux, à consentir des régimes d'exception pour ces drogues d'exception. Kurt ne pouvait plus s'en passer, malgré les groupes de soutien à l'église locale. Il avait hurlé devant un parterre de fidèles qu'il voulait se libérer de son addiction. Mais la raison supérieure ne l'avait pas entendu, ce jour-là.

On prétendait que chaque pilule était équipée d'une membrane de sécurité, qui permettait une libération contrôlée de la substance active. C'était sans compter qu'un « patient » un peu trop accoutumé au remède chercherait à contourner le dispositif en faisant fondre la membrane afin d'obtenir un plus grand effet de la substance active. Kurt avait vite trouvé la parade. Il ressemblait à lui-même, pendant quelques minutes, après avoir pris une de ces pilules. Sauf que sa main n'était pas fonctionnelle pour autant. Et puis il s'éteignait, rapidement. Le remède miracle, censé réparer l'irréparable, ne faisait qu'anesthésier.

Aucune régulation ne s'appliquait à ce médicament radicalement nouveau. Les pouvoirs publics avaient eu du mal à le reconnaître. Un peu comme si tous ces maux qui s'étaient abattus sur l'Amérique n'avaient touché que des marginaux dont le destin, au regard du temps long et de la mission providentielle, importait peu. Alors plutôt que de soigner l'addiction, on avait endormi les gueules cassées de Franklin, comme on avait endormi Kurt. Pour un mal de dos, une migraine ou une foulure à la cheville, le remède miracle s'était répandu sans réel garde-fou. Il ne fallait plus ressentir la douleur. Il ne fallait plus rien ressentir. Le débat national et les discussions au sein du conseil de la ville avaient tourné court.

Sha-la-la, la-la…

Ashli voulait le sauver tout de même. Longtemps, elle avait espéré, gardant le souvenir de ce qui avait été. Mais au lieu de cela, elle avait malgré elle créé un monstre, son Frankenstein, à la peau translucide et au regard hagard, un animal féroce à la recherche de sa nouvelle proie. Ses meilleurs jours, il était éteint et laid. Elle lui mettait son coussin rouge sous la tête, espérant qu'il se sentirait mieux.

Le pire arrivait quand il était en manque. Il se transformait en un être que même la littérature d'épouvante aurait eu du mal à imaginer. Il volait, dans les pharmacies, chez des voisins qui consommaient le médicament.

Le meilleur des butins pour Kurt était la petite pilule bleue rectangulaire aux angles arrondis de 160 milligrammes, sur laquelle trônaient fièrement le « 160 » sur un côté, et « OC » pour Oxycontin sur l'autre, marque de fabrique inimitable et gage de qualité. C'était la plus forte dose disponible sur le marché. Il pouvait s'endormir, longtemps.

Une fois, il s'était rapproché d'un lycée, connu pour son trafic : on murmurait que près de la moitié des élèves se droguaient. Une autre fois, il s'était fait arrêter par la police. Et dans un de ses rares moments de lucidité, il s'était mis à pleurer en remerciant les policiers, avouant qu'il était incapable de s'arrêter lui-même. Il avait inspiré une réplique pour une série télévisée, à l'époque.

Puis, tout recommençait ensuite, cycle infernal qui se nourrissait de la peine des autres pour contaminer ceux qui essayaient d'aller mieux. Franklin était devenu l'épicentre de la pandémie. Le couple que formaient Kurt et Ashli aurait pu en être le symbole.

Ashli ne pouvait se résoudre à en parler au conseil de la ville. Elle ne ressentait qu'amertume et déception. L'heure n'était plus au rêve mais à l'enfer, et le bouleversement avait aussi rapide que total. Au conseil, on avait abandonné le débat sur la douleur de toutes les manières, pour se concentrer sur le vrai mal du moment, l'insécurité.

Désormais, Kurt ne chante plus. Et elle ne fait que se souvenir.

Sha-la-la…

Une main noire frappe à la vitre de la Prius et tire violemment Ashli de sa torpeur.

CHAPITRE 10

Ce n'est pas un adversaire. C'est Joe.

Il porte sa veste en jean qui commence à devenir trop petite, et un pantalon marron. Il s'est habillé vite, vraisemblablement. Il la regarde en hochant la tête légèrement, de manière presque imperceptible. Embarrassée, Ashli baisse les yeux comme une adolescente qui aurait commis une énorme bévue. Puis, se rendant compte que c'est sans doute son état physique (elle doit encore saigner) qui suscite la désapprobation de son ami, elle se tourne vers lui, comme pour recevoir de nouvelles instructions. Elle a levé la tête un peu trop vite : son cou, à son tour, lui fait mal. Ils se dévisagent un instant. Joe n'a pas besoin de parler. Juste un petit geste du menton pour lui demander de les suivre : leur voiture est garée devant la Prius. Ashli sait où ils se rendent.

Sortir de Franklin relève de l'épopée. Il faut d'abord atteindre les frontières de la ville sans écraser Maddy ou l'un de ses compagnons d'infortune. Ils se baladent souvent au gré du vent dans la grande couronne de la ville et peuvent surgir sans crier gare. Si vous les importunez, vous courez le risque qu'ils se mettent en travers de votre chemin en hurlant. Très longtemps : il convient de ne pas sous-estimer la portée de leurs griefs contre vous, contre la ville, le pays et le reste du monde. Ils les partageront avec vous sans réserve, que vous le souhaitiez ou non. Et dans ces cas-là, il faut s'armer de patience. Alors, les éviter s'avère souvent la stratégie la plus efficace.

Ensuite, il faut pouvoir sortir de la ville, ce qui n'est pas un mince exploit si le gouvernement fédéral entretient la moindre suspicion concernant les activités illicites et criminelles, dont Franklin est fréquemment le théâtre depuis le Grand Chaos. Lorsque c'est le cas, des barrages encerclent alors la ville et l'attente peut s'avérer interminable. Tenter de lutter contre l'absurdité de tels délais – et de telles humiliations, si l'on parle franchement – ne sert à rien. Cela peut même vous desservir si votre interlocuteur militaire est mal léché : le législateur américain l'a investi de droits inédits après les événements qui ont secoué le pays.

Mais ce matin, tout semble différent. La voiture de Joe et Tammy passe aisément, après un contrôle de routine et une vérification sommaire du véhicule à l'aide de chiens renifleurs. La Prius d'Ashli peut avancer. Salut militaire. Il la regarde, une fraction de seconde de plus que nécessaire. Un peu comme s'ils s'étaient rencontrés, il y a longtemps, dans un univers parallèle. Mais Ashli n'y prête pas attention. Sans même qu'il la lui demande, elle lui propose sa carte d'identité, prenant soin de mettre la petite pastille rose en évidence. Habituellement, Ashli n'éprouve pas de difficulté particulière pour franchir les barrages, grâce à cette fameuse puce. (À y réfléchir, elle ne le fait pas souvent cependant.)

Il se saisit du document et s'en va consulter ses collègues, de l'autre côté du barrage. C'est rare. L'instinct d'Ashli lui dit que cela prendra plus de temps que d'habitude si la simple pastille rose n'a pas convaincu le soldat dès le premier échange.

Lendemain d'attentat qui exige une prudence accrue ? Ashli en doute : Joe et Tammy ont franchi le barrage sans la moindre difficulté. Ils ont dû observer quelque chose de particulier. Inconsciemment, Ashli connaît la réponse, mais refuse de se l'avouer. Jusqu'à ce que le militaire s'approche à nouveau :

– Madame S., veuillez sortir du véhicule, s'il vous plaît.

– Il y a un problème ?

– Sortez du véhicule.

Il n'y a plus de formule de politesse. Le ton est sec, presque menaçant. Ashli s'exécute, en jetant un coup d'œil vers la voiture de Joe et Tammy, garée sur le bas-côté de la route, au-delà du barrage. Elle a le temps d'apercevoir le regard inquiet de Joe.

– Madame S., qui vous a frappée ?

Ashli se remet à respirer. Momentanément. Serait-ce les blessures sur son visage qui ont éveillé les soupçons ? Cela serait surprenant : les gens qui se promènent ainsi à Franklin sont légion. Est-ce si inhabituel en dehors de la ville ? À vrai dire, Ashli l'ignore. Le soulagement n'est que de courte durée : l'homme s'impatiente devant le silence prolongé de son interlocutrice.

– Personne. Enfin si, hier. Lors de…

Ashli ne termine pas sa phrase. Ne jamais en parler. Jamais.

– Hier ? Elles m'ont l'air un peu trop fraîches, vos blessures, pour dater d'hier.

Ashli n'a pas de réponse. Le militaire semble bien le savoir.

– Madame S., où se trouve M. S., s'il vous plaît ?

Kurt ? C'est après lui qu'ils en auraient ? Ashli doute sérieusement que le pouvoir fédéral américain puisse manifester le moindre intérêt pour son raté de mari. Cela n'a aucun sens. Ashli cherche une réponse, sollicitant tour à tour sa raison qui ne répond plus puis son imagination qui patine. Son interlocuteur paraît franchement irrité.

– Je l'ai laissé à la maison. Je crois qu'il dort, parvient-elle à répondre avec difficulté.

À nouveau, le soldat s'éloigne. Il échange avec ses collègues qui regardent Ashli d'un œil réprobateur. Mais elle les ignore. Elle ne sait que faire d'autre. Le véhicule de ses amis n'a pas bougé. Joe a les deux mains sur le volant, prêt à s'élancer. Ashli culpabilise de le faire attendre. Elle doit se rappeler qu'elle n'est pas la cible de l'irritation de son ami. Elle ferme son gilet, se rendant compte qu'elle commence à trembler de froid. Le ciel s'est assombri. La grisaille a remplacé le soleil éclatant d'hier.

– Vos papiers, lui dit le militaire en lui tendant sa carte d'identité, la faisant sursauter par la même occasion.

Combien de temps a duré le contrôle ? Ashli n'en sait rien. Elle jette un coup d'œil à sa montre et se souvient qu'elle ne marche plus. C'est comme si elle avait perdu le fil du temps. Une seconde, une minute, une heure… Tout cela se ressemble.

– Et faites soigner vos blessures. Elles ont l'air sérieuses. N'attendez pas l'infection. Par les temps qui courent…

Il n'a pas besoin de terminer sa phrase. Elle hoche la tête pour feindre l'approbation, tout en regagnant son véhicule. Elle pose délicatement les mains sur le volant de sa Prius, un peu comme si elle avait oublié où elle allait. Une fraction de seconde – ou plus ? – suffit pour la ramener à la réalité : Joe et Tammy l'attendent. Et tous les trois savent qu'il y a encore un obstacle final à franchir.

Le monde est surréaliste. Et le surréalisme me semble plus proche du réel.

– Salman Rushdie

CHAPITRE 11

On les appelle les cagoules noires.

C'est du moins le nom qu'on leur donne généralement à Franklin. Parce que Ashli, elle, refuse d'admettre leur existence désormais. Elle connaît pourtant les histoires. Les vols et les raclées. Les humiliations. Tout le monde a bien conscience de ce qui se joue au-delà des frontières de la ville, tant qu'on n'a pas atteint la côte est du pays. Les bombes qui viennent secouer le quotidien des habitants de Franklin leur rappellent continuellement leur existence, eux qui ont choisi la voie de la lutte à visage couvert.

À leurs yeux, tous ceux qui ne les ont pas rejoints servent un pouvoir fédéral corrompu, coupable d'avoir trahi les idéaux du pays. Tout le monde y passe : du maire de Franklin au paumé sans convictions, ni repères. Tant qu'on ne se tient pas fièrement à leurs côtés, l'invective est la même.

Mais ils ne défendent aucun projet particulier. Leur union ne repose sur aucune croyance supérieure, seulement sur le rejet. De l'Amérique d'hier, de celle d'aujourd'hui, de la modernité, du conservatisme, de tout. Ils avaient foi en une Amérique, en des traditions, des valeurs et des institutions qui n'ont jamais vraiment existé. Une fois l'ambiguïté levée, une fois leur bulle éclatée, ils ont dû faire face à un vide abyssal qui les a poussés vers la révolte. Ils croyaient défier la tyrannie. Ils n'ont fait qu'ajouter à l'absurdité du monde qu'ils dénonçaient. Ils voulaient un sursaut, ils ne représentent plus que la désintégration et le désespoir d'un pays qu'ils continuent d'attaquer quotidiennement.

Aujourd'hui, si l'on a pour projet de sortir de la ville, il faut accepter le risque de les rencontrer. Il convient sinon de rester chez soi.

En théorie, l'autoroute I-59 qui longe le Grand Fleuve est sécurisée par les forces armées du pouvoir fédéral. On voit des blindés ici et là, au bord du bitume. Leur fonction n'est pas tout à fait claire, mais habituellement, ils sont en nombre suffisant pour dissuader le camp d'en face d'intimider ou d'attaquer les voyageurs. Ce que personne ne dit ouvertement, c'est qu'on se trouve également au cœur du pays, son poumon comme son grenier. Autant de ressources stratégiques que les autorités fédérales s'efforcent de protéger, tant bien que mal. Mais on ne parle pas de ces choses entre gens sensés. On ne fait que se rappeler des évidences, en silence, pour mieux se rassurer. Rien ne devrait vous arriver. En principe. Avec une petite dose de témérité, on s'engage alors sur l'I-59 pour gagner les autres parties du pays. Les habitants la préfèrent largement aux alternatives, et cela occasionne souvent des bouchons considérables – mais se risquer à emprunter des routes secondaires est suicidaire.

C'est donc cette voie que Joe a logiquement choisie aujourd'hui, ne quittant pas de l'œil la Prius d'Ashli dans son rétroviseur. Il est suffisamment tôt pour que la circulation soit encore fluide. On n'est jamais tout à fait tranquille, mais quand les deux véhicules ont atteint leur rythme de croisière, il se détend légèrement avec la musique de l'autoroute. Un peu comme si la voiture savait exactement où aller.

La route est relativement droite. Quelques virages sans envergure rappellent à l'ordre les conducteurs un peu trop tentés de rêvasser – surtout Ashli d'ailleurs, qui se souvient vaguement de l'importance de prendre un virage avec l'attention qu'il se doit. Parce qu'il est facile de se laisser aller face au paysage. Le Grand Fleuve, qui abrite une forte population de dorés jaunes, symbole s'il en est de Franklin et de la région, est relativement calme, ce matin.

On disait que les dorés jaunes, avec leurs yeux opaques, voyaient clair même dans l'obscurité. Ashli et son père les préféraient : ils étaient plus difficiles à attraper, plus mérités. Ils allaient pêcher au crépuscule, quand l'ombre s'épaississait et que les dorés devenaient eux-mêmes des chasseurs. C'était le meilleur moment pour les surprendre. Et peut-être aussi, pour oublier le reste. C'est le meilleur moyen de les tromper, et de tromper leur destin : les atteindre quand ils sont en mode offensif. C'est peut-être l'un des poissons préférés d'Ashli et de toute une région. Cette chair blanche et friable… Si elle n'était pas sur la route, elle pourrait presque, en fermant les yeux, sentir le goût du poisson grillé sur sa langue. La récompense après l'effort physique de la pêche. En se concentrant bien, elle pourrait même engager une de ces conversations qu'elle avait avec son père lors de leurs fameux « soupers », comme on appelait encore cela au temps où on tenait à ce que les familles mangent ensemble, sainement et à leur faim.

En se concentrant bien… Mais pas ce matin. Pas au volant, et pas après toutes les émotions du début de journée. Elle n'en a pas l'énergie.

À quelques kilomètres de là, Springfield émerge, première grande agglomération après Franklin. Depuis l'autoroute, on distingue une colonie de serres botaniques, vestiges d'un Midwest industriel qui voulait protéger ses espaces verts de la pollution. On y cultivait des plantes exotiques, preuve d'une Amérique encore curieuse du monde. Puis la modernité les a reléguées au second plan, avant que le Grand Chaos ne leur redonne un rôle central. Aujourd'hui, elles assurent la sécurité alimentaire des villes — du moins pour ceux qui se trouvent du « bon côté » de l'histoire. Même les tribus qui ne se parlent plus partagent ce besoin commun : se nourrir, et protéger leur propre survie en préservant celle des autres.

Le regard de ceux qui cherchent le salut se concentrera plutôt sur les églises luthériennes que l'on peut distinguer depuis l'autoroute et qui parsèment Springfield, entre deux amas de serres. Épargnées par le Grand Chaos, elles semblent judicieusement positionnées pour permettre de replacer cette recherche du salut au centre de l'existence de chacun. Personne, ni à Franklin, ni à Springfield, ne paraît cependant le vouloir ardemment.

Plus au nord, on distingue les glaciers — ou ce qu'il en reste. Autrefois, ils incarnaient la résilience d'un peuple réputé pour son éthique du travail. Ici, affronter la nature n'avait rien d'un miracle : on savait s'adapter, inventer, construire. Le scooter des neiges en était le symbole.

Ashli, au volant de la Prius, poursuit son chemin, dans cet écosystème interconnecté grâce aux routes de bitume, autre caractéristique culturelle du Midwest, qui permettait autrefois à une communauté de se regrouper pour se retrouver, indépendamment de sa génération et de ses origines. Les blindés qui bordent la chaussée pourraient lui rappeler à quel point les choses ont changé, combien était riche la vie culturelle et musicale qui rythmait les journées d'hier de la région. Mais Ashli ne veut pas y penser. Pas maintenant.

Sauf que Joe ralentit. L'écart qu'il a creusé avec la Prius commençait à devenir trop conséquent. Voyant son ami lever le pied, Ashli, elle, accélère, honteuse comme une petite fille distraite qui se serait laissé distancer par son père. Il faut faire vite, Ashli le sait. Même si elle n'en a pas envie : ce chemin, elle le fait rarement, et elle aimerait prendre le temps d'apprécier le spectacle qui l'entoure. Les souvenirs défilent, quand Kurt n'était pas là et quand il y avait encore un monde à explorer au-delà des frontières désormais bien contrôlées de Franklin. Mais où sont donc passés ses rêves d'un monde nouveau ?

La vue d'une charrette amish, entourée de cagoules noires, de l'autre côté de l'autoroute, tire Ashli de sa rêverie. Son véhicule s'approche. Elle n'a plus de doute sur ce qu'elle voit, même si elle se refuse à le nommer. La famille a été priée de se mettre à l'écart pendant qu'elles fouillent et jettent sur le bas-côté ce qui ne les intéresse pas. Facilement identifiable à son véhicule et sa tenue vestimentaire, la famille amish, présidée par le père, soutenue par la mère et complétée par les sept enfants qui se tiennent derrière leurs parents, est effrayée. La communauté amish a survécu à un nombre incalculable de bouleversements, dont celui de la modernité, et, plus important encore, celui du Grand Chaos. Autrefois concentrée sur des localités bien précises et connues de tous, elle se trouve plus dispersée et fragmentée. Mais elle résiste. Jusqu'ici.

Le cœur et le cerveau d'Ashli la poussent à ralentir. Peut-être qu'elle pourrait leur venir en aide, faire *quelque chose*. Elle pose le pied sur le frein. Mais instinctivement, elle jette un regard vers Joe, devant. Comme s'il l'avait senti, son ami lui adresse un « non » ferme de la tête qui suffit à Ashli pour se raviser. Elle retire le pied du frein. Un autre coup à sa conscience. Elle encaisse. Jusqu'ici.

CHAPITRE 12

Tammy et Joe sont propriétaires d'une maison à Georgetown Beach. Il faut plusieurs heures pour l'atteindre. Autant de barrages à franchir, avec des hommes de plus en plus exigeants quant aux motifs du déplacement. De plus en plus armés également. Au dernier barrage, ils questionnent longuement Ashli et fouillent de fond en comble sa voiture. À la recherche de quoi ? Ashli n'en sait rien. Toutes ces questions, sur elle. Sur la personne avec qui elle est censée partager sa vie.

Puis, la libération..

Elle n'a plus besoin de s'interroger. Elle peut enfin pénétrer dans la zone libre qui longe la côte est du pays. La partie de l'Amérique que le Grand Chaos a épargnée. Celle où la pénurie n'est que relative, les biens plus accessibles et la vie généralement plus facile. Les cagoules noires étaient une force inexorable, imbattable, jusqu'à ce qu'elles se heurtent à la détermination des autorités, décidées à préserver leur semblant d'autorité sur le pays et rassurer la communauté internationale. Ashli entraperçoit la villa de ses amis, vestige d'une Amérique affluente et insouciante qui n'est plus ailleurs, mais qui refuse de disparaître ici.

En sortant de la voiture, Joe s'étire bruyamment face à la mer, comme s'il venait de se réveiller d'une longue sieste. Tammy sort de la voiture plus difficilement. Mais dès qu'elle se retourne et voit son amie, elle se précipite vers elle pour la prendre dans ses bras. Sans un mot, elle contemple le visage tuméfié d'Ashli, puis l'entraîne doucement dans la cuisine. Pendant qu'elle ouvre la porte du réfrigérateur, probablement à la recherche de glace qui ne servira sûrement plus à rien, Ashli contemple la mer à travers l'immense baie vitrée. Les derniers rayons de soleil éclairent la plage et les premiers mètres de l'océan. C'était le moment qu'elle préférait, autrefois, sur la plage. Au-delà, l'obscurité gagne, intimidante et rassurante à la fois. Là où nos erreurs et nos manquements deviennent indiscernables.

Les considérations habituelles sur les personnes qui se sentent libérées en contemplant cet espace sans limite, Ashli les connaît trop bien. Elle s'en moque d'ailleurs : autant de clichés auxquels elle n'a jamais adhéré, elle qui a été conditionnée par les contraintes géographiques imposées au territoire enclavé de Franklin. En revanche, elle est fascinée par la marée qui rythme la vie de la plage. Enfant, elle pouvait s'émouvoir du sort des coquillages, petites créatures et autres formes de vie abandonnés par la mer qui s'était retirée. Adolescente, elle s'est intéressée aux raisons scientifiques du phénomène, pour les oublier par la suite, ou du moins être incapable de les réexpliquer. Aujourd'hui, elle le sait : le cycle éternel se perpétue. Tout revient à la normale. Naturellement. Tant qu'on est assez patient.

Le froid du paquet de glace que Tammy applique sur sa joue tire Ashli de ses souvenirs. Elle tourne à peine la tête vers son amie. Leurs regards se croisent, elles se sourient, brièvement. Un rappel, pour Ashli, qu'à l'Est, on ne manque de rien. Elle est surprise du soulagement que le froid lui procure, anesthésiant la douleur dont elle avait presque oublié l'origine. Côté salon, une autre immense baie vitrée s'ouvre sur les montagnes Rocheuses qui servent, à l'ouest, de frontière naturelle avec le reste du pays chaotique. Comme si la nature connaissait, depuis le début, le destin de cette nation.

Au cœur de la chaîne montagneuse, cependant, figure un creux, une rupture ou un passage, selon l'interprétation que l'on en fait. L'œil d'Ashli a toujours été interpellé par cette anomalie visuelle et géographique, se demandant ce qu'elle cachait, le rôle qu'elle était censée jouer dans le temps long. Mais ce soir, un autre détail retient son attention : l'écart entre les deux montagnes lui semblait plus petit autrefois, un peu comme s'il s'était creusé au fil du temps. L'accumulation de nuages au-dessus des montagnes rend cette observation d'autant plus frappante : le jeu des lumières éclaire tout particulièrement le creux entre les deux montagnes, laissant le reste de la chaîne dans l'ombre, telle une puissance indéterminée apostrophant Ashli sur l'élément le plus déterminant du paysage : un dernier endroit baigné de lumière, une ultime porte de sortie, avant peut-être un éclatement total.

Une musique caractéristique provenant du salon ramène le regard d'Ashli vers Joe : elle la connaît bien, cette musique, qui commence par l'ouverture d'une canette de Budweiser, suivie du bruit que son ami fait en s'affalant dans son fauteuil. Puis l'enchaînement avec le juron habituel : il a oublié de prendre la télécommande. Il sait pertinemment que Tammy refusera de l'aider : il faut qu'il bouge, lui répond-elle invariablement. C'est bon pour sa santé. Or, demander à son invitée de la lui apporter serait parfaitement inélégant de sa part. Le jingle de l'émission la plus connue de la télévision américaine peut-être, vient couronner le tout. C'est l'heure de Fox News.

– Sérieusement ? lui lance Tammy, en le défiant du regard.

L'écran est occupé par un drapeau américain avec ses quarante-neuf étoiles, sous lequel figure l'inscription *Resurgens Semper*, la nouvelle devise du pays. Toujours renaître des cendres de la guerre civile, des turbulences économiques et des bouleversements climatiques. Tant qu'on y arrive. Puis le logo de Fox News vient remplacer le drapeau américain et le présentateur lance quelque chose qui ressemble à un cri de guerre : la vérité éternelle, voilà ce que nous allons explorer, s'époumone-t-il, tel un pasteur qui essaierait de mobiliser des fidèles en manque de motivation.

– Bah quoi ? Je voudrais savoir ce qui se passe dans le pays…

– En les écoutant, eux ? cingle sa femme, en pointant du doigt le téléviseur avec dégoût. Fais attention, tu deviens accroc à cette chaîne. Et j'aimerais que tu arrêtes de te droguer à cette merde, mais je suis impuissante.

Elle doit parler fort pour rivaliser avec la nouvelle diatribe du présentateur qui retentit à 100 décibels peut-être. Dehors, l'obscurité a envahi la plage. Ashli aimerait bien aller se promener à cet instant précis. Pas de soleil pour l'éblouir, pas trop de lumière pour la mettre mal à l'aise. Mais elle craint de paraître impolie. Et elle a surtout peur de ce que Joe et Tammy pourraient se dire et se faire, l'un à l'autre, si elle venait à s'absenter.

– Ils présentent *une* version des faits, répond-il en tentant de paraître sûr de lui. Et tant qu'on n'acceptera pas de considérer leur point de vue, on ne trouvera pas de solution à ce bordel sans nom.

Tammy prend la mine d'une scientifique à qui on affirme que la Terre est plate. Elle pourrait ignorer son mari. Elle préfère en découdre.

– Tu te rends compte que même ces présentateurs si bien fagotés et qui ont l'air si confiants ne pensent pas un seul mot de ce qu'ils racontent ? Que les dindons de la farce, c'est nous ? Depuis ce qui s'est passé, en plus ?

– Il faut leur reconnaître un avantage, tempère son mari : ils ont donné une voix à la majorité silencieuse de ce pays.

– La majorité silencieuse dans ce pays, elle veut la paix ! Eux seraient capables de vendre leur mère !

– Au lieu de les traiter de girouettes ou d'hypocrites, peut-être que pour une fois, on pourrait faire preuve d'ouverture, non ? Ce n'est pas des grandes idées qui vont nous aider à reconstruire ce pays ! Aucune ne nous réconcilierait de toutes les manières. C'est le pragmatisme qui a fait la légende de l'Amérique, pas des principes creux.

Le ton monte, Ashli baisse les yeux. On n'a plus l'habitude de se parler aussi franchement. On préfère l'omission. Elle se demande si chacun essaye d'en venir à bout de l'autre. Ou si chacun essaye de convaincre l'autre. Une petite brise vient lui chatouiller la main et elle reprend espoir : peut-être que chacun essaye d'être convaincu par l'autre ?

– C'est tellement facile de les détester…

– Je ne te le fais pas dire, l'interrompt Tammy.

– Mais ils sont aussi patriotes que nous. Ils aiment autant la liberté que nous. Ils sont croyants comme nous…

– Parce que tu es croyant maintenant, toi ?

Joe baisse les yeux. Il encaisse. Puis reprend.

– Laisse-moi finir ! Eux n'ont pas abandonné l'idée que l'Amérique avait quelque chose d'exceptionnel. Ou avait et pourrait avoir quelque chose d'exceptionnel, à l'avenir. Voilà un dénominateur sur lequel on peut construire quelque chose, non ? Plutôt que s'envoyer des bombes à la figure ?

Ashli jette un coup d'œil par la fenêtre. Elle espère la visite d'un papillon de nuit pour apaiser le dialogue. Il ne viendra pas ce soir.

– Fox a réussi à remettre les pendules à l'heure, ma chérie. Voilà ce que je vois. On était dans une impasse. Et eux, ils ont parlé à tous ces gens qui n'avaient plus de mots. Ces gueules cassées, ces types qui n'avaient plus de boulot, plus de rêve, plus rien. Ceux qu'on obligeait à tout accepter. À baisser les yeux. *E Pluribus Unum*, tu t'en souviens ? Ben voilà. Il est temps de se reconstruire. De renaître de nos cendres, justement.

Joe pointe une petite affiche collée au mur près de la télévision qu'Ashli n'avait pas remarquée en entrant dans la pièce. Sur cette affiche figure un petit drapeau américain, avec la nouvelle devise américaine.

– Tu crois que c'est un hasard, toi, qu'ils soient toujours là après le Grand Chaos ? reprend-il. Fox News a tenu le coup. Pas parce qu'ils sont brillants ou honnêtes — ils savent vendre, c'est tout. Ils ont pigé qu'on peut voter Obama puis Trump, et qu'on n'est pas pour autant cinglé. Juste paumé. En colère. Fatigué d'attendre que quelque chose change.

Dehors, quelques vagues récalcitrantes viennent rappeler à la plage qu'elles ne sont pas loin. Que tout cela n'est qu'un cycle. Et que tout le reste reviendra.

– Et eux, ils ont arrêté de faire semblant de croire au vieux clivage Républicains contre Démocrates. Ils ont capté que les gens n'en peuvent plus. Alors ouais, peut-être qu'ils exagèrent. Peut-être qu'ils allument le feu. Mais au moins, ils parlent à ceux qu'on n'écoute jamais.

– Tu fais preuve de beaucoup de générosité envers ces gens qui ont détruit tellement de choses qui m'étaient chères, et qui, franchement, avaient l'air de t'être chères à toi aussi. Si le prix de leur bien-être, de leur ego et de leur confiance en soi, c'est l'anéantissement total du reste du pays, ça ne va pas marcher. Ils avaient soi-disant pour objectif de tout remettre en cause. Mais ils n'ont rien construit à la place. Où que l'on regarde, il n'y a que du vide. Et la nature a horreur de ça. Alors, à la place d'un débat, on a gagné le chaos…

Elle respire profondément, pour se donner du courage, et prononcer des mots qui font mal.

– On se réveille maintenant en se rendant compte qu'un tiers de l'Amérique est prêt à assassiner un autre tiers, tandis que le dernier tiers reste sur le banc des spectateurs, silencieusement…

C'est le réalisateur allemand Werner Herzog qu'elle vient de citer maintenant. Tammy ne cessera pas d'étonner Ashli. Mais cette fois-ci, son amie n'a même pas vraiment essayé de l'impressionner : sa voix s'est éteinte. Vers les montagnes, le trou a disparu dans l'obscurité. Mais Ashli croit le deviner, au loin. Elle ajuste le paquet de froid, même si la glace a commencé à fondre. Elle n'ose pas le poser.

À la télévision, le wrestling prend le relais. Cela ressemble à de la lutte, mais ce n'est pas tout à fait un sport, puisque tout est écrit à l'avance. C'est comme un spectacle, le théâtre d'une bagarre entre deux hommes ou deux femmes dans laquelle tout peut arriver. Cette scénarisation à l'extrême va bien à l'Amérique, qui tente parfois de l'appliquer à la sphère politique. Juste avant le Grand Chaos, les rassemblements de campagne d'hommes politiques qu'on disait « populistes » cultivaient ce goût pour l'imprévisibilité. C'est ce qui faisait, croyait-on, la force de ces figures politiques. Lorsqu'elles débattaient, leurs confrontations s'apparentaient à des combats à mort. Peu importaient les propositions, la substance. Il s'agissait pour les adversaires d'échanger des coups verbaux pour abattre l'ennemi et conquérir le public. Entre le ring du wrestling et celui de la politique, il n'y avait qu'un petit pas.

– Allez. On arrête de s'engueuler, grogne Joe en regardant sa montre. C'est l'heure d'aller buter des nazis de toute manière.

Tammy hoche la tête. Est-ce de l'exaspération, de l'amusement ou juste un soulagement de passer à autre chose ? On ne le sait pas vraiment, alors que tous les trois saisissent leur manteau pour regagner leurs véhicules.

CHAPITRE 13

La synagogue de Georgetown Beach a été relativement bien préservée, malgré le Grand Chaos. On avait beau être en désaccord sur absolument tout ce qui constituait l'identité même de l'Amérique, y compris son identité religieuse, on n'a pas osé toucher aux lieux sacrés.

Joe n'est pas particulièrement pratiquant, ni particulièrement croyant non plus. Mais Pourim, c'est différent. Ce n'est pas une fête religieuse. C'est une célébration historique, celle de la victoire d'un peuple face à une menace existentielle.

Il y a bien longtemps, en Perse, un roi capricieux nommé Assuérus ignore la judéité de sa nouvelle épouse qu'il adule, la reine Esther. Son homme de confiance, Haman, entretient une haine sans limite des juifs du royaume, et échafaude un plan pour les anéantir. (Quand on récite le texte, enfants et adultes, souvent munis de crécelles, conspuent Haman en faisant le plus de bruit possible, comme s'il ne fallait pas s'endormir face à la menace, comme s'il fallait continuellement se rappeler, et rappeler aux autres, ce à quoi on a fait face, collectivement.)

Apprenant le plan d'Haman, l'oncle d'Esther, Mardochée, prévient sa nièce, qu'il a adoptée à un très jeune âge et qu'il conseille depuis. Esther risque sa vie en se rapprochant de son roi de mari, que l'on sait capricieux, y compris avec ses femmes : il en a déjà fait exécuter une, au début de l'histoire, pour insubordination. Mais Esther parvient à le convaincre de la menace qui plane sur elle et sur tous ses coreligionnaires. Le plan d'Haman se retourne contre lui et sa famille. Ce ne sont pas les juifs que les autorités du royaume décident d'exécuter, mais Haman et les siens.

Le récit quasi intemporel est d'une violence remarquable, s'est souvent dit Ashli, qui, comme souvent, est spectatrice de la fête. Si elle n'est que vengeance, alors la violence de l'histoire met mal à l'aise. Parce qu'on veut croire à un dessein plus grand, plus éloquent qui dépasse la simple vengeance et la violence. Croire en ce dessein, c'est peut-être cela le véritable sens, la véritable invitation de ce texte : on se prend à espérer que la vengeance est un mal nécessaire pour renverser le destin, surtout quand il s'avère cruel. À condition d'avoir le courage d'agir. À condition d'avoir l'envie de changer. À condition d'avoir suffisamment de discernement et de vision pour savoir vers où se diriger.

La tradition veut que l'on se déguise à Pourim. Histoire de porter un masque et de ne pas révéler aux autres son identité ou, du moins, se laisser une marge de manœuvre pour la construire de manière stratégique. Et de se rappeler, parfois, que face à la menace existentielle et sans précédent, il convient de rompre avec les normes habituelles pour viser des objectifs difficilement atteignables sinon. La tradition veut aussi que l'on boive, pour imiter ce que font les protagonistes de l'histoire. Et puis, quand on boit, on a bien du mal à percevoir nos différences. On parvient plus facilement à se retrouver sur un terrain commun. Boire permet de recoudre un tissu social qui s'est usé au fil du temps et de réconcilier les parties impliquées dans les querelles intestines d'hier. Une façon de réimaginer la fraternité d'hier. Enfin, aussi paradoxal que cela puisse paraître, boire permet d'oublier tout ce qui est insignifiant, tout ce qui pollue et ce qui ne nous rend pas authentiques, et ainsi de se souvenir de ce qui nous définit le mieux.

Il y a beaucoup de monde, ce soir, dans ce bâtiment qui surplombe la mer. On l'entend au loin, murmurant qu'elle s'est retirée, mais temporairement seulement, et qu'elle sera bientôt de retour. Dans des moments comme celui-ci, quand elle est entourée par la foule qui lui rappelle à quel point elle se sent seule, Ashli pense à son père. Mais il y a bien trop de monde et bien trop de lumière pour lui parler. Elle regarde sa montre, avant de se rappeler qu'elle ne marche pas. Combien de temps a-t-elle passé ici ? Elle l'ignore. Cette fête a toujours été associée pour elle à des souvenirs lointains, un peu comme s'il ne s'agissait pas vraiment des siens, mais de ceux de quelqu'un d'autre. Ashli tend l'oreille, pour s'assurer qu'elle entend la mer. Elle est bien là.

Ashli jette un coup d'œil vers Tammy et Joe. La tension de la vive discussion de tout à l'heure a laissé place à la complicité, et ils se tiennent la main, tels des naufragés soulagés d'avoir été sauvés. On a beau être anxieux quant à l'issue de l'histoire, sa fin n'a pas changé, pas cette fois du moins. Tant pis pour le reste du monde. Ce soir, on a vaincu le mal. C'est assez pour se réjouir. Pour l'instant.

Un petit clown s'approche d'Ashli et lui attrape la main sans la regarder, les yeux rivés sur l'arche de la synagogue, de l'autre côté de la salle. Il porte un pantalon arc-en-ciel très large et une chemise rouge, jaune, orange et rose parsemée de points multicolores. Une perruque violette et des lunettes de soleil vertes complètent son déguisement. Il lui semble effrayé par quelque chose, Ashli ne saisit pas quoi, ni la raison pour laquelle cet enfant l'a choisie comme refuge. Elle ignore ses intentions, mais n'éprouve aucune méfiance – même si elle se demande comment on peut avoir suffisamment foi en l'avenir pour continuer à faire des enfants, par les temps qui courent. Elle oublie vite son interrogation, puisque l'urgence est de rassurer ce petit être.

Mais soudainement, le petit garçon lève les yeux vers elle, la regarde fixement pendant une fraction de seconde et fait un bond en arrière, avant de la contourner et de se réfugier dans les bras de sa mère, assise juste derrière, amusée que son rejeton se soit trompé de maman. Ashli sourit poliment, mais elle se sent encore plus seule.

Le sentiment n'a pas le temps de s'installer. Le maire de la ville s'apprête à prendre la parole. La coutume l'impose, et ce indépendamment du sexe, de l'étiquette politique ou de la religion de l'édile. La géopolitique de la ville le permet : c'est un des rares lieux du pays où trois édifices religieux, dont la synagogue, font partie intégrante du paysage de la ville. On ne peut que coexister à Georgetown Beach.

Le maire est un petit homme souriant, avec des lunettes rondes. On dit que c'est un athée qui a épousé, en deuxièmes noces, une Sud-Américaine convertie à l'islam. Il n'a pas beaucoup de cheveux, mais aucun de ceux qui restent ne dépasse. Son charisme impose un silence immédiat à l'assemblée, même les plus jeunes se sont assis pour écouter. Le ton est mélodieux et accueillant. Ashli est presque surprise de ne pas se sentir agressée ni menacée par le discours d'un autre, un inconnu d'une autre tribu, un politicien qui plus est.

Le maire reconnaît des visages familiers d'amis et de vieux compagnons de route. La tradition veut qu'on se réunisse et peu importe la raison finalement, tant qu'on ressent le besoin de se revoir. Mais il reconnaît également ne pas avoir rencontré tout le monde, et exprime son désir de le faire très rapidement, qu'il s'agisse des nouveaux habitants de Georgetown Beach, ou des visiteurs de passage qui devront repartir vers d'autres chemins.

Son regard se pose sur Ashli. C'est du moins le sentiment qu'elle a. Elle se redresse, et écoute avec plus d'attention encore.

Parler de la situation actuelle. Quel défi lourd, dit-il, mais incontournable.

Le ton est encore léger. Mais le discours s'est ralenti et devient plus fluide, comme pour imposer son autorité, tout en débordant d'empathie pour un public qu'il comprend intimement, après toutes ces années.

L'histoire de Pourim, c'est une histoire américaine, explique-t-il. C'est un rappel : quand nous sommes unis, aucune menace ne peut venir à bout de ce que nous voulons incarner. Notre unité fait notre force. La désunion est la source de nos maux. Et si divisions il y a, alors la responsabilité qui nous incombe, à tous, c'est de réinventer les liens et les ponts qui nous unissent. Et de reconnaître que le conflit, et surtout le conflit fratricide, ne sert les intérêts de personne.

Le ton est plus fort désormais, mais le discours ne s'est pas accéléré. Si Ashli est surprise par le silence qui règne dans la salle, elle est fascinée, plus encore, par cet homme politique, capable de capter l'attention d'un auditoire, alors que dans le reste du pays, on s'étrangle et on s'égorge. On a perdu foi dans la classe politique, mais certaines figures locales ont encore survécu.

Soyons impertinents, même, ajoute-t-il avec un petit air audacieux. Savons-nous vraiment si cette histoire a eu lieu ? Peut-être a-t-elle un pouvoir mystérieux, nous éclairant non sur le passé, sur *ce qui s'est passé* (il insiste sur ces mots), mais sur ce qui se passera. Peut-être s'agit-il d'une annonce, d'un avertissement destiné aux observateurs les plus vigilants. Ou d'un encouragement à agir, pour les plus ambitieux.

Il n'y a pas un bruit dans la pièce. On se croirait dans une salle de cinéma dans laquelle les gens s'attendent à tout moment à découvrir la solution de l'intrigue, l'identité du coupable ou du vrai héros de l'histoire.

Esther est une référence pour tant d'entre nous, y compris pour toutes ces petites filles qui l'ont choisie comme modèle quand elles ont préparé leur déguisement, poursuit le maire de Georgetown. Elle savait qu'elle se lançait dans une aventure risquée, dans laquelle elle avait tout à perdre et presque rien à gagner. Mais sa mission la dépassait, et elle en avait conscience. Elle avait une vision, un espoir, non pas pour elle, mais pour la collectivité. La communauté. *Sa* communauté.

Il appuie chaque mot qu'il prononce. Il sait lui-même l'importance du message qu'il porte, lui qui est peut-être le dernier représentant d'une classe politique autrement éteinte, celle capable de porter l'espoir d'un avenir meilleur. Il regarde Ashli, de temps en temps.

Que nous ayons tous des motivations individuelles ne fait pas de doute et ne devrait susciter ni rancœur ni soupçon. Les ambitions personnelles sont au cœur de l'ADN de notre pays, elles sont notre marque de fabrique. C'est ce qui a fait notre force. C'est ce qui a permis à la génération de nos parents de construire des communautés aussi accueillantes que résilientes. Un projet d'avenir aussi, dans lequel nous pouvions nous reconnaître, indépendamment de nos richesses, de notre identité, de nos origines.

Les approbations dans l'assemblée l'encouragent. Pas de désaccord fondamental dans la salle. Ce n'est pourtant jamais gagné, dans le contexte actuel.

Alors continuons. Continuons à nous parler. À réparer. À construire. Mais surtout à imaginer. Pour faire que la violence ne soit pas que vengeance. Et pour la remplacer par un projet plus prometteur, celui d'un nouveau contrat social. Dire que nous vivons une période sans précédent, ce serait faire offense au caractère extraordinaire des événements de ces dernières années. Rien ne laisse penser que les recettes, les normes et les habitudes d'hier pourront nous sauver.

Le ton s'est accéléré. Chaque mot ressort comme un coup porté aux obstacles qui le sépareraient de son objectif. Il faut motiver les troupes, les encourager.

La paix est à portée de main.

CHAPITRE 14

La main ferme de Joe sur son épaule fait sursauter Ashli. Le discours est fini. Mais depuis combien de temps ? Ashli avait pourtant le sentiment d'avoir suivi jusqu'ici. Elle a le réflexe de regarder sa montre, avant de se raviser, se rappelant qu'elle est cassée. L'assemblée a déjà commencé à quitter la synagogue. Les masques tombent, les déguisements se défont et les fidèles les rangent, la réalité retrouve sa place. Ils sont tous déjà passés à autre chose, maintenant que la victoire et le salut sont assurés. Jusqu'à la prochaine fois…

– Tu dois vraiment rentrer à Franklin maintenant ? s'inquiète Tammy.

Le cerveau d'Ashli exige une réponse positive au nom de la raison. Le voyage aura été bien court, mais c'est ainsi, de nos jours : quand on est sur la brèche et qu'on ne sait pas ce que demain nous réservera, on profite de ce que la vie nous propose. Prolonger ne faisait pas partie du programme. Mais les yeux de Tammy supplient son cerveau de revoir sa réponse. Ils disposent de l'appui du cœur d'Ashli, qui ne veut plus rien avoir à faire avec Franklin en dehors de laquelle elle ne peut pourtant pas vivre.

– Viens avec moi à Washington. Joe reprendra ta voiture pour Franklin. Je dois aller rendre visite à maman, j'ai prévu de conduire toute la nuit, comme on faisait au bon vieux temps. On se baladera, comme avant. C'est la meilleure période pour y aller. On pourra aller chez Barney's, tu te souviens ? Il doit faire bon, en plus, en ce moment. Une petite cure de jouvence. Toutes les deux.

Les mots de Tammy s'enchaînent, mais la ligne conductrice du propos s'effrite. Ashli se souvient brusquement de ce qu'elle a fui. Sa joue et sa main lui font mal, comme si l'anesthésiant avait cessé de faire son effet à point nommé pour lui rappeler ce à quoi elle a échappé. Machinalement, elle pose à nouveau sa main blessée sur sa joue, trahissant ses propres hésitations. C'est suffisant pour son amie qui l'attrape par le bras et la conduit à la voiture dans laquelle elle pénètre sans effort. Mais on tape à la vitre, et Ashli réprime un hoquet de surprise. Ce n'est que Joe, qui se rappelle à leur bon souvenir : Tammy a pris les choses en main sans s'inquiéter de ce que son mari allait faire.

– Si vous voulez que je ramène ce tas de ferraille à Franklin, il faut me donner les clés !

Ashli n'a même pas le temps de protester contre la remarque désobligeante de Joe, Tammy a déjà introduit la main dans sa poche pour attraper les clés et les lancer à son mari. Elles manquent de peu de lui atterrir dans la figure. Les deux femmes ont du mal à contenir leur amusement face au grognement de Joe.

Pour gagner la capitale, il faut emprunter l'extension de l'I-59 qui relie Franklin à Georgetown Beach. La route est longue mais plus sûre, puisqu'on se trouve dans la zone stabilisée et sécurisée par le gouvernement fédéral, à tel point que quand elle se réveille, il fait déjà jour et Ashli a l'impression d'évoluer sur une autre planète. Sur sa droite, la mer s'étend à perte de vue. On sait où elle commence, mais jamais tout à fait où elle s'arrête, quand on est citoyen de Franklin. Sur sa gauche, des terrains vagues, à perte de vue aussi, même si on distingue des barrières et des grillages, çà et là. Les paysages sont bien moins riches que ceux qui longent l'autoroute de l'autre côté, vers Franklin. Ils réservent moins de surprises, mais aussi moins d'embûches. C'est déjà cela, se dit Ashli, en haussant les épaules.

Le chemin est long, les ralentissements fréquents.

– Depuis le Grand Chaos, tout s'est agglutiné ici, commente Tammy, pour répondre à l'interrogation silencieuse d'Ashli. Les entreprises, l'argent, les gens, les espoirs. C'est la seule bande de pays où l'on continue d'investir, de construire, de faire semblant que tout va bien. Tout le monde s'y entasse. C'est devenu la norme.

Ashli ne connaissait ces voitures que par la télévision. Certaines ne disposent même plus de volant. Les sièges à l'avant font face aux sièges de l'arrière, comme dans un train. Dans cette voiture bleue fluorescente, une famille asiatique : la mère lit, le père parle aux enfants, qui regardent dehors. Un wagon sans rail, lancé dans ce pays qu'ils visitent ou dirigent, on ne sait plus.

Et puis il y a la file de gauche, isolée par un terre-plein haut d'environ un mètre hérissé de piques assez pointues, en guise de dissuasion. On sait qu'on ne doit pas emprunter cette voie. On y circule à une vitesse vertigineuse. Les véhicules qu'on peut entrapercevoir si l'on est attentif sont encore plus sophistiqués. Leurs vitres teintées empêchent d'identifier les passagers avec certitude : des diplomates ou des créateurs d'emplois (c'est ainsi que l'on nomme les dirigeants des grandes entreprises désormais). On y voit aussi les fourgons blindés. Un simple rappel que la menace plane toujours.

Quand on se rapproche de la capitale, le trafic se fluidifie, car on s'éloigne du centre névralgique des affaires et de l'économie, pour s'approcher du centre politique. Or, plus personne n'éprouve vraiment l'envie de fréquenter la capitale politique du pays. Cela n'a jamais rien auguré de bon par le passé, et ce n'est pas maintenant que les choses ont changé, disent les mauvaises langues. Le Grand Chaos et son lot de défiance sont passés par là. Les accords de stabilisation ont chargé le gouvernement fédéral de gérer les affaires courantes de la partie sécurisée du pays, et de sécuriser le reste du territoire. On a jugé cette tâche suffisamment herculéenne pour ne pas lui demander quoi que ce soit d'autre. Aux mairies locales le soin de soutenir le développement régional.

Les cerisiers commencent à border la route et la file de gauche, réservée aux « autres », a disparu, signe qu'on approche du but. Sans en avoir conscience, Tammy se met à fredonner. Elle est en terrain conquis, ou du moins sur un terrain qu'elle avait conquis dans une autre vie. Et puis, le logo de Barney's, quelques mètres plus loin, annonce la fin du *road trip*.

CHAPITRE 15

On pénètre dans le restaurant légendaire grâce à une rampe qui longe sa façade. C'est désormais obligatoire, depuis que le nombre de personnes en fauteuil roulant a bondi, avec les événements récents. Dans le hall d'entrée, d'innombrables photos, comme autant d'œuvres d'art, témoignent d'une époque révolue : le restaurant d'origine qui se trouvait à Los Angeles et le patron, en compagnie de célébrités du monde d'hier.

– Comme d'habitude ? demande une voix derrière Ashli.

Tammy n'a pas besoin de lever les yeux. Elle sourit déjà, avant même de croiser le regard de sa sœur, Charlotte, qui gère le restaurant quand le patron n'est pas là. Les embrassades, les présentations s'ensuivent, avec une chaleur qui surprend Ashli. Le microclimat qui s'est imposé dans cette partie du pays a décidément de quoi l'étonner. La capitale ne mérite peut-être pas la réputation qu'on lui fait, au-delà de ses frontières, dans les contrées éloignées du pays qui ne jurent plus que par le pouvoir local.

Charlotte ressemble trait pour trait à sa sœur – comme une jumelle qui aurait vingt ans de moins… Ashli se mord la lèvre, regrettant d'avoir, encore une fois, une pensée si cruelle concernant son amie. Mais c'est bien la preuve de ce que la vie à Franklin vous fait subir. La jeune femme arbore un t-shirt noir sur lequel est inscrite une phrase en rouge : « Si l'histoire se termine mal, c'est qu'elle n'est pas tout à fait terminée. » Son jean bleu délavé est troué au niveau des genoux. Elle porte une toute petite casquette violette qui bouge à chacun de ses pas.

La conversation aborde des thèmes aussi divers que le séjour à Georgetown Beach, l'état de la circulation et la météo, assez volatile depuis le Grand Chaos. Elle se poursuit, à une vitesse vertigineuse pour Ashli, sur la vie à Franklin, la maison familiale et les retards récents dans le renouvellement des pastilles roses – un sujet de tracasserie administrative qui semble presque devenu banal, dont on discute comme si de rien n'était. Ashli regarde les deux sœurs et éprouve un peu de difficulté à placer un mot dans la conversation qu'elle a du mal à suivre. Elles semblent ne pas s'être parlé depuis des lustres. Deux sœurs, ou une mère et sa fille ? L'esprit d'Ashli lui joue des tours. Après un temps qui lui paraît indéfini, Tammy soupire et s'étire, signalant la fin de la partie. Il est temps d'aller se reposer.

Les trois femmes regagnent l'extérieur par la porte de derrière. C'est toujours plus sûr, dit Charlotte, « pour voir venir ». La capitale n'est donc pas aussi calme qu'elle en a l'air, en conclut Ashli. Mais dès qu'elle se retourne vers l'entrée principale, elle comprend mieux. Sur le trottoir d'en face, devant l'un des bâtiments principaux du gouvernement fédéral, une petite poignée de manifestants brandissent des pancartes jaunes et rose fluo, sur lesquelles sont inscrits des slogans illisibles. Ils crient quelque chose, mais sans grand enthousiasme, comme s'ils dormaient debout.

– Ils sont inoffensifs, explique Charlotte. Ils sont là tous les jeudis, pour exiger la démission du gouvernement et le rétablissement des élections au Congrès. Ils se disent indépendants, mais on sait bien…

Elle ne termine pas sa phrase. C'est peut-être une habitude familiale, sourit intérieurement Ashli.

– Alors il vaut mieux les éviter. Mais bon, voilà le problème, avec cette autre entrée, ajoute-t-elle en ouvrant la porte.

Les trois femmes se trouvent face à un invraisemblable amoncellement de cadavres d'insectes.

– Mais quelle horreur ! s'exclame Tammy, à la manière de l'héroïne un peu trouillarde d'un film d'épouvante satirique. Rien ne s'arrange vraiment par ici…

– Qu'est-ce que c'est que ce truc ? renchérit Ashli, sur un ton qui n'a rien à envier à celui de Tammy.

Les insectes morts s'entassent devant la porte, comme un monticule de gadoue brune que quelqu'un aurait déblayé devant la sortie. Une quantité biblique d'insectes, là, devant elles. Les carcasses mesurent, au bas mot, dix à quinze centimètres. Elles sont vides et s'effritent à la moindre pression, même si elles semblent incroyablement épaisses. Chaque animal dispose de quatre ailes : deux très longues, qui s'étendent le long du corps, et deux plus petites, qui pointent dans le sens inverse, vers la tête. Cela a de quoi surprendre. Leurs antennes sont très longues, un peu comme si ces créatures avaient eu un besoin particulièrement important de communiquer.

– Je vous présente les *new cicadas*, les nouvelles cigales, annonce Charlotte.

Sa casquette violette semble animée d'une volonté propre, comme pour imiter l'espièglerie de sa propriétaire, aussi fière de sa trouvaille qu'une enfant qui se rend compte qu'elle a de quoi épater, voire de terrifier, des adultes.

– Elles descendent tout droit des cigales de l'époque de papa et maman. Depuis le Grand Chaos… Bref. Ce sont les mêmes petites bébêtes !

Un rayon de soleil perce les nuages, illuminant le tas de carcasses. Ashli et Tammy restent bouche bée, à l'ombre du restaurant. Cela convient bien à Ashli qui craint toujours d'être trop éblouie.

– Elles ne ressemblent en rien à ce qu'on a connu dans notre enfance, observe Tammy, toujours un peu abasourdie par ce spectacle inattendu.

– En rien ! confirme Charlotte. À notre époque, c'était simple. Elles ne vivaient pas plus de six semaines en dehors du sol. Juste le temps de se reproduire.

Charlotte sourit toujours, comme une enfant qui cette fois, viendrait de dire une grossièreté pour choquer son auditoire.

– Les femelles pondaient leurs œufs dans toutes sortes d'arbres avant de mourir. Dix semaines plus tard, les œufs donnaient des petites nymphes qui disparaissaient dans la terre. Comme si elles se cachaient. Et pendant dix-sept ans, elles ne se nourrissaient que de la sève des racines des arbres. Dix-sept ans !

Elle baisse le regard vers le tas de carcasses, partagée entre fascination pour la chose étudiée et fierté pour l'attention dont elle fait l'objet.

– Et puis au bout de dix-sept ans, lorsqu'elles étaient assez mûres, elles revenaient toutes ensemble à la surface dès que le sol atteignait dix-huit degrés. Un éternel recommencement. Une perpétuelle renaissance. J'y pense, même : elles iraient bien avec notre nouvelle devise nationale ! Elles pourraient remplacer l'aigle, tiens. Je vais le proposer au président !

Charlotte sait divertir. La casquette continue de bouger, au point qu'Ashli se demande si elle ne va pas tomber. Mais elle résiste aux turbulences.

– Comment pouvaient-elles savoir qu'il s'était écoulé dix-sept années ? demande Ashli, perplexe devant toute cette histoire.

– Même la science ne sait pas tout à fait l'expliquer ! triomphe Charlotte.

On entend encore, au loin, le murmure de la manifestation de l'autre côté du bâtiment. Leurs cris manquent de vigueur, mais les manifestants semblent ne pas vouloir se faire oublier, comme une épine dans le pied de tous les habitants de la capitale qui aimeraient bien vaquer à leurs occupations.

– Mais avec le Grand Chaos, les turbulences climatiques, il fait tout le temps dix-huit degrés au moins. Alors elles ont commencé à changer, à se transformer. Leurs carapaces sont devenues plus épaisses et résistantes. Il paraît qu'elles arrivent même à refléter la lumière du soleil, pour mieux se protéger de la chaleur. On pense aussi que leurs capteurs sont devenus plus sensibles à la météo et qu'elles peuvent ainsi mieux se préparer à un environnement instable… Elles cherchent l'humidité, cela facilite leur reproduction.

Charlotte connaît son sujet. Du moins, c'est le message qu'elle veut faire passer, elle qui semble assez fière d'étaler ses connaissances.

– Et puis elles détestent l'obscurité, au point de s'arrêter de chanter dès que la nuit tombe, poursuit-elle. Comme si elles priaient silencieusement, espérant que le soleil reviendra. Ça doit être une sacrée angoisse, quand on ne dispose d'aucun moyen pour en être sûr. Être éblouies, c'est leur plaisir !

– Et ces ailes bizarres, sur le devant ? hasarde Tammy.

– Ah, ça, c'est une énigme. Ce serait un peu comme une fonction de marche arrière, hypersensible. Pour mieux faire face aux dangers qui se multiplient…

– Enfin, toutes ces évolutions pour pas grand-chose, ironise Ashli, en pointant du doigt le tas de carcasses.

– Détrompe-toi ! lui rétorque Charlotte. Figure-toi qu'en réalité, c'est simplement le temps qui s'est accéléré. Comme il fait constamment au moins dix-huit degrés, maintenant, leur cycle de vie s'est raccourci. Elles grandissent plus vite, et deviennent plus grandes, le tout en moins de temps. Mais elles ne meurent pas plus vite. C'est juste qu'elles sont de plus en plus nombreuses. Et toutes ne sont pas identiques : on dit que les espèces de cigales prolifèrent aussi. Un peu comme si la nature faisait des paris avec elle-même : lesquelles de ces espèces survivront le coup d'après ?

Charlotte conclut son discours avec un hochement de tête satisfait. Ashli est sûre que cette fois-ci, la casquette n'échappera pas à la chute. Mais non.

Alors, elle s'aventure à saisir une des carcasses. Elle est surprise par son poids inattendu, qui lui donne l'impression d'avoir une bille en plomb dans la main. Un cycle constant de renaissances : la pensée la secoue, sans qu'elle sache réellement quoi en faire. Les cigales se reproduisent, assurant la prochaine génération. Leur mission terminée, elles meurent, et la génération suivante s'enterre, attendant le bon moment. Le calme avant la tempête, comme on dit. Cette nouvelle génération rassemble ses forces, prend son élan, pour à son tour, remplir la mission que la nature semble lui avoir confiée. Dans un environnement qui ne fait que changer et qui continue d'imposer l'évolution, les cigales ne peuvent anticiper l'état du monde qui les attend à leur sortie de terre. Elles doivent composer avec l'incertitude.

D'ailleurs, dans le monde extérieur, tous ignorent également ce qui les attend réellement, quelle génération de cigales sortira. En surface, on ne sait rien de celles qui ont vécu cachées jusque-là. Quand bien même elles voudraient se faire entendre, le dialogue entre les deux mondes est impossible, tant qu'elles n'émergent pas. Et même une fois qu'elles sont hors de la terre, l'échange est difficile. Ashli se souvient à quel point elles peuvent être bruyantes. Un peu comme les relations humaines aujourd'hui.

Et pourtant, pour ces cigales, un cycle constant de renaissance se perpétue, sans l'ombre d'une hésitation, dirait-on, dans le processus qui s'inscrit dans le temps long. Perspective que les concitoyens d'Ashli semblent avoir complètement perdue aujourd'hui… Sa fascination la rend sourde au reste de la conversation – jusqu'à ce qu'elle sente quelque chose de lourd sur son épaule. Elle se retourne, le cœur battant : Kurt, Joe, son père, elle s'attend à tout. Ce n'est qu'une cigale. Mais aussi vivante que terrifiante.

La terreur d'Ashli amuse Charlotte qui d'un revers de main, fait s'envoler l'insecte, avant d'entraîner la jeune femme vers son véhicule.

CHAPITRE 16

La nuit tombe sur Marketsville, la banlieue historique et chic de la capitale. La lumière se fait plus rare. On se trouve dans le quartier le plus paisible du pays, peut-être, imagine Ashli : une multitude de petits châteaux, placés les uns à côté des autres, sans qu'une ligne de démarcation soit nécessaire pour délimiter les terrains. Sans bruit, sans signe de tension ni d'émeute à venir. Un peu comme dans les films américains des années 1950, qui mettaient en scène des villes idylliques où chacun se connaissait, savait ce qui lui appartenait, connaissait ses droits et ses devoirs et acceptait les rites et les interdits sociétaux. Une autre planète, en somme. Mais ce qui surprend le plus Ashli quand elle sort de la voiture, c'est l'obscurité et le froid qui l'envahit d'un coup.

Le château de Charlotte, puisque c'est ainsi qu'il apparaît aux yeux d'Ashli, est propre, bien tenu. Il aurait tout pour être accueillant – tout particulièrement cette cheminée, de l'autre côté de la pièce, qui réchauffe toute l'entrée. En face trône une bibliothèque pleine de livres, sans ordre apparent ni réelle organisation. Pourtant, les yeux d'Ashli sont attirés très rapidement par le même volume sur la théorie de l'univers-bloc qu'elle possède chez elle. Mais elle n'a pas le temps de s'y attarder, car tout est bien trop rangé autour d'elle. Cette propreté et cet ordre l'interpellent. Ashli ne s'y sent pas à sa place. Y marcher lui donne l'impression de s'aventurer, comme quand elle était enfant, sur la glace beaucoup trop fine du Grand Fleuve. Elle pouvait alors s'offrir le luxe d'être téméraire, surtout avec sa meilleure police d'assurance (son père) à ses côtés. Désormais, pour Ashli, le pari de la témérité ne semble plus coller à ses choix de vie.

– À boire, les amies ? demande gaiement Charlotte.

Là encore, l'environnement sonore qui accompagne cette proposition ne correspond pas aux habitudes d'Ashli. Son cerveau s'attend à la petite musique d'une bouteille de bière que l'on ouvre grâce à un décapsuleur pour les plus prudents, avec la main pour les plus forts, et avec les dents pour les plus vaillants. Mais au lieu de cela, Ashli entend le bruit moins familier d'une bouteille de vin que Charlotte ouvre à l'aide d'un tire-bouchon. Le bruit semble plus noble, plus péremptoire. Il n'incite pas autant aux festivités. Alors elle sourit, gênée, et se hasarde à demander un Coca-Cola. Charlotte lui tend la boisson avec un sourire. Est-ce de la condescendance ? Ou Charlotte se sent-elle un peu mal à l'aise elle aussi face à ce qu'elle ne connaît pas ? Après tout, elle n'a pas dû voir beaucoup de *hillbillies* comme elle…

La télévision, qui émet un son minimal, illumine de bleu une partie de la pièce, alors que la cheminée, à l'opposé, diffuse une lumière plus intense et chaude. La mélodie de la télévision est la même qu'à Franklin : celle des nouvelles du soir, identique où qu'on soit dans ce pays. C'est presque rassurant pour Ashli, qui trouve enfin un point d'ancrage dans ce théâtre si déstabilisant. Sur l'écran, les divisions entre tribus rivales prennent la forme d'un débat houleux sur la dépénalisation, au niveau fédéral, de l'avortement. À la simple évocation du thème, Ashli se crispe intérieurement, sans rien laisser paraître : elle a tellement l'habitude de ce malaise intérieur. Elle se concentre sur le débat.

Un représentant des territoires en développement, auxquels Franklin appartient, parle.

… Je peux vous dire que les territoires que je représente exigent que l'on respecte les spécificités de toutes les cultures régionales…

– *Bullshit*, lui rétorque Charlotte, comme si elle lui parlait directement.

… et je peux aussi vous garantir que sans respect, il n'y aura pas de paix !

Un journaliste essaye de placer un bon mot, avant que l'adversaire politique du représentant riposte.

Est-ce une menace, Représentant ?

– Mais quel bouffon ce journaliste. Comme tous les autres. C'est presque jouissif de regarder les politiciens n'en faire qu'une bouchée. Pourtant ça ne les empêche pas de recommencer, comme s'ils étaient nés avant la honte !

Le représentant ignore la question du journaliste et embraye.

Les chiffres dramatiques de la démographie montrent clairement qu'on a besoin d'enfants aux États-Unis.

Charlotte lâche un soupir, comme un supporter qui regarde son boxeur préféré tomber KO. Elle attend un dernier instant la réponse de la porte-parole de la capitale et de la région libre, entretenant un dernier espoir pour un dialogue constructif.

Je vous rappelle, cher collègue…

Le représentant et Charlotte hochent simultanément la tête à l'utilisation de la formule aussi hypocrite qu'artificielle. Ils sont au moins d'accord sur quelque chose…

… les pressions internationales en la matière, et qu'il faudra, tôt ou tard, respecter les conditions d'aides versées aux États-Unis…

Nouveau soupir de Charlotte.

– Tous ces débats. On se parle. On discute. On se dispute. On ne s'entend pas. On ne s'écoute pas. On est incapables de comprendre l'autre. Les chiffres et les modèles statistiques nous font oublier qu'on est tous humains, après tout. Voilà notre dénominateur commun. Et puis quand ça mériterait justement quelques chiffres et quelques modèles, eh bien non. À la place, on a droit à un concours d'ego qui pue la testostérone.

– Quand j'étais au conseil de Franklin, c'est vrai, il fallait faire preuve de patience et de diplomatie avec toutes sortes de populations, s'aventure Ashli, comme un enfant qui veut participer à une conversation d'adultes.

Charlotte semble surprise, comme si elle avait oublié la présence d'Ashli à ses côtés. Elle poursuit sur sa lancée.

– Un concours d'ego dans lequel on parle de crédibilité et de réputation. Mais rien sur les faits, non. *Haram.* Interdit…

Ashli ne fait que deviner le sens du mot qu'elle a entendu dans les rues de la capitale, sans connaître exactement son origine.

– On aurait pourtant besoin d'experts, de personnes avec de l'expérience, du vécu, reprend Charlotte, interrompant sa réflexion. Des gens qui ont eu le luxe de se pencher sur les réalités du monde. De comparer notre réalité à celle des autres nations. Et quand on a la chance d'en trouver, que fait-on ? On leur oppose la petite vie de Mme Smith ou la mésaventure d'un jour de Mr Jones. Sans jamais s'interroger sur la réalité de ce dont on parle… C'est un cycle sans fin.

Une nouvelle gorgée de bière ou de vin, Ashli n'est plus sûre.

– Peu importe leur intelligence. Ils vont jeter toutes les pièces par terre. Plus de norme, plus de pratique communément acceptée. Plus de règles ! Non. Il suffit d'éructer toutes les insanités qui vous passent par la tête, puis de se lever avec une confiance en soi qui ne doit pas souffrir d'une quelconque hésitation. Et de s'en aller. Fièrement. Comme si on avait remporté la partie. Comme si le monde allait se porter mieux. Mais à quoi cela sert-il ? Surtout quand on sait ce que ces politiciens ont fait à ce pays, ce qu'ils nous ont fait à nous. Ils nous ont éloignés encore un peu plus de notre passé.

Charlotte se ressert, Ashli aussi. Mais elle se demande pourquoi elle a la tête qui tourne. C'est Charlotte qui boit, et elle qui se sent de plus en plus étourdie…

– Tu connais l'expérience des dix singes enfermés dans une pièce ? reprend Charlotte.

Ashli sourit. Avec sincérité cette fois. Elle connaît l'histoire. Mais elle laisse son ami Joe la raconter quand même. Avant de se reprendre mentalement : il s'agit de Charlotte, constate-t-elle en se concentrant sur son visage.

– On y avait laissé une petite échelle. On y avait attaché une banane au plafond. L'un des singes, plus malin que les autres, a eu la seule bonne idée qui s'imposait : prendre l'échelle, la déplacer et tenter de l'utiliser pour attraper la banane. Il a presque réussi. Mais un énorme jet d'eau provenant du plafond est venu contrarier ses plans. À tel point qu'aucun autre singe n'a osé retenter le coup. On a remplacé l'un des singes par un autre. Le nouvel animal a bien entendu essayé à son tour d'attraper la banane. Mais les autres singes, qui avaient été témoins de l'incident précédent, ne l'ont pas laissé faire. On a renouvelé l'expérience, avec le même résultat. Sauf qu'à un moment, on s'est retrouvé avec dix singes, dont aucun n'avait observé l'incident initial. Et pourtant, personne ne voulait monter à l'échelle, ni laisser un congénère le faire.

Elle hausse les épaules, pour signifier son incompréhension.

– C'est comme cette histoire d'Oxford. Il parait qu'entre 1264 et 1827, quiconque recevait un diplôme de l'école devait jurer qu'il ne pardonnerait jamais Henry

Symeonis. Sachant qu'au bout de quelque temps, on ne savait plus qui c'était, ni ce qu'il avait fait.

Un regard vers l'extérieur. Une nouvelle gorgée.

– On devient collectivement fous. Aucune logique. Aucune expertise. Aucune empathie. Aucune expérience de la vie. Juste des interdits, fondés sur des croyances anciennes, de prédécesseurs que l'on n'a jamais rencontrés pour certains. Voilà ce qu'on est devenus : les adeptes d'une nouvelle religion qui, comme les autres, a son lot d'interdits, de croyances et de traditions. Autrefois, cela calmait les angoisses, cela réduisait les anxiétés. Mais en remplaçant un dogme par un autre, on ne fait qu'alimenter de nouvelles peurs et pire, de nouveaux fantasmes.

Le ton est beaucoup plus amer qu'au restaurant.

– Pendant des années, on a eu des politiciens incapables de concilier tout ce que pays voulait être. Un pays ouvert, admiré et apprécié, auquel le reste du monde pouvait s'identifier ? Oh que oui. Cela ne faisait pas débat. Mais pourquoi ceux qui formulaient une telle proposition étaient-ils incapables de parler à ceux qui souhaitaient une nation puissante politiquement et militairement, ferme à l'égard des groupes terroristes et des puissances autocratiques, et prête à relever les défis sécuritaires de demain ? Ils avaient oublié le climat, à l'époque, d'ailleurs, ces bougres. Il fallait qu'il y ait contradiction et confrontation. Il fallait choisir. Il ne pouvait exister qu'un vainqueur… Quand on était jeune, éloquent et intellectuellement brillant, on était pour l'ouverture. Mais on se refusait d'être concret et lucide face à ce qui nous attendait. Et quand on voulait l'être, alors on perdait en éloquence. On était excessivement protecteur, ou constamment aux aguets, rigide dans ses principes et déterminé à faire changer les gens, de gré ou de force. Résultat ? Toute une partie de la population, élevée dans un monde aseptisé et aveugle à ce qui se tramait, est encore complètement inconsciente de la réalité du pays. Les autres ont été violentés, obligés de changer à marche forcée, et ressemblent à un chien battu qui ne sait pas distinguer ses héros de ses bourreaux.

– Tu étais plus optimiste tout à l'heure, au restaurant…

Charlotte hausse les épaules. Plus optimiste à l'extérieur, plus authentique à l'intérieur… Est-ce ainsi, la vie à Marketsville ?

– On en est arrivé au point qu'on ne cherche plus à convaincre qui que ce soit, poursuit Charlotte en ignorant la remarque d'Ashli. On cherche juste à achever, grâce au bon mot, grâce au slogan. L'analyse ne fait plus partie de notre champ d'action. C'est trop coûteux, trop exigeant de sortir de notre « zone de confort ». On préfère la servitude. On préfère être une bande de babouins enfermés dans une cage, attendant d'être soumis aux interdits dont on ne comprend ni la cause ni la motivation…

Charlotte soupire et éteint la télévision. La pièce s'obscurcit. Elle ferme les yeux, mais cela ne l'empêche pas de saisir une autre télécommande, celle qui active le système hi-fi de la maison. La voix de Thom York s'élève – une antiquité, dans laquelle il avoue être un sale type – se mêlant soudain à celle de Rozzi Crane. Sa reprise n'était pas du goût de tous, dans le monde d'avant, quand tellement de mélomanes prétendaient que personne ne pouvait reprendre la chanson de York et son groupe. Mais les nouvelles technologies permettent des associations tellement frappantes.

Quand tu étais là avant, je ne pouvais pas te regarder dans les yeux. Tu es comme un ange, ta peau me fait pleurer. Tu flottes comme une plume, dans un monde merveilleux. J'aimerais être unique. Toi tu es tellement unique…

Charlotte n'a pas rouvert les yeux. Elle danse, son verre de vin à la main, habillée d'une robe noire qu'Ashli n'avait pas remarquée auparavant. On ne voit plus que sa tête, presque plus que son visage quand ses cheveux bruns disparaissent dans le noir. Elle est comme seule au monde.

Mais moi, je suis un sale type. Quelqu'un de bizarre. Qu'est-ce que je fous ici ? Je n'appartiens pas à ici…

Ashli ne bouge pas. Le malaise devient insoutenable, même pour elle. Mais elle ne souhaite pas pour autant quitter la pièce. Elle n'y arriverait pas. Elle se demande comment tout cela peut bien se terminer. Elle baisse le regard vers sa montre, qui lui confirme qu'elle ne marche toujours pas. Quelle heure est-il ? Ashli n'en a absolument aucune idée. Charlotte, elle, continue de tournoyer. Seule.

Je m'en moque si cela fait mal. Je veux le contrôle. Je veux un corps parfait. Je veux une âme parfaite. Et je veux que tu remarques quand je ne suis pas là. Tu es tellement unique. J'aimerais être unique.

L'obscurité envahit la pièce à mesure que le feu de cheminée s'éteint. D'ordinaire, la pénombre est rassurante pour Ashli. Elle lui permet de parler à son père, de prendre de ses nouvelles et de lui demander conseil. Mais pas ici, pas aujourd'hui. Le niveau sonore a effrayé son père. Ou alors, il est pris ailleurs, absorbé par une autre tâche plus importante. Quoi qu'il en soit, Ashli le sait, il ne viendra pas ce soir. Trop d'interférence, trop d'étrangeté. Et puis le temps semble s'accélérer. Sans se l'avouer, Ashli redoute qu'il n'aille trop vite pour que son père puisse la rattraper.

Mais moi, je suis un sale type…

* *
*

Ashli sursaute à nouveau, réveillée par le silence qui l'entoure. Il lui semble qu'elle vient de traverser un très long couloir obscur peuplé de ses vieux démons, prêts à s'acharner sur elle. Mais une voix douce la rappelle à la raison.

– On est arrivées petite reine, lui chuchote quelqu'un à l'oreille.

Elle ouvre les yeux. Péniblement, parce que ses paupières sont lourdes. Elle croit distinguer Charlotte, avant de se raviser : c'est bien Tammy, au volant de la voiture, qui l'a réveillée. Elles se trouvent devant sa maison, à Franklin. Surprise que le voyage s'achève déjà. L'esprit d'Ashli est presque habitué à ce brouillard permanent, à cette confusion entre les différents protagonistes qui animent son quotidien. Mais elle n'en est pas moins épuisée.

Impossible d'ailleurs d'avoir une idée même approximative de l'heure. Impossible de se souvenir du voyage retour et de son lot d'obstacles et d'interrogatoires. Un peu comme s'il n'avait jamais eu lieu. À y réfléchir, quelques vagues images se dessinent, mais rien de concret, comme après une crise de somnambulisme. Elle se refuse à l'admettre, encore moins à s'en ouvrir à Tammy. Elle l'embrasse et sort du véhicule.

Elle s'avance dans son allée. Elle tend la main vers la poignée de la porte en regardant son amie restée dans la voiture et prête à démarrer. Mais dès qu'elle pose sa main, elle se rend compte que quelque chose ne va pas. La porte a été forcée.

CHAPITRE 17

Le désordre est tel à l'intérieur que la colère d'Ashli se concentre immédiatement sur Kurt. Puis la raison la rappelle à l'ordre. Quel intérêt aurait-il eu à mettre leur maison dans cet état ? Et puis, soudain, elle aperçoit, pendant de part et d'autre de la porte, la très caractéristique rubalise jaune sur laquelle est inscrit « GOUVERNEMENT FÉDÉRAL ». Elle l'a sans doute rompue en poussant le battant. La bande plastifiée devait être là depuis longtemps, pense Ashli, pour avoir été aussi facile à déchirer. Elle est d'ordinaire plus solide. La jeune femme parcourt les pièces, réfléchissant à ce qui a pu se passer.

Après son départ de Franklin, qui a été enregistré à la frontière, ils sont venus chercher Kurt. Mais pourquoi ? Elle doute fortement que les soupçons de violences conjugales aient exercé une quelconque influence sur la décision. Et puis Kurt n'est qu'un *loser* et un *junky*, comme on dit dans le Midwest.

Elle se souvient ensuite des fréquentes erreurs dont elle a eu vent depuis le Grand Chaos portant sur l'identité des gens. Dans le monde d'avant, aux États-Unis, on disposait d'un moyen quasi infaillible d'identifier les individus : le numéro de sécurité sociale servait d'identifiant unique pour toutes les démarches administratives. Le système n'était pas tout à fait imparable, puisque ces numéros étaient devenus très prisés des escrocs de tout poil qui tentaient d'usurper l'identité des personnes peu vigilantes. Mais il avait le mérite d'exister. Après le Grand Chaos, on s'est rendu compte, à la suite de nombreux rapports d'erreurs, que le système avait été compromis de manière définitive. Les cyberattaques provenant de sources multiples en avaient eu raison, et le gouvernement fédéral n'était plus en mesure de le sécuriser. Kurt a pu être la énième victime de ce dysfonctionnement. Ils étaient certains, mais à tort, d'être sur la piste d'un très grand malfaiteur, alors ils ont atterri chez elle. Ils ont tapé à la porte à plusieurs reprises – trois fois, pour être exacte, comme le prévoit la Nouvelle Constitution – avant de constater que personne ne leur répondait. Sans doute que Kurt était parti avec ses « amis ». Ils ont donc forcé la porte et mis la maison sens dessus dessous.

Mais à la recherche de quoi ? Cette question-là la taraude. Elle doit se rendre à la station militaire du gouvernement le plus proche pour faire valoir ses droits. Parce qu'on les connaît, à Franklin, ses droits, se dit-elle en tapant du poing sur la table. Ce faisant, elle se blesse à nouveau la main : des débris de verre, encore une fois.

Après avoir saisi son kit de premiers secours, elle s'affale sur le canapé du salon, observant le chaos qui règne dans son living-room. Les papiers par terre, la vaisselle hors du placard, le linge éparpillé sur la moquette ; une cagoule noire qu'un agent a dû laisser derrière lui ici, un drap là, une enveloppe déchirée plus loin. Ils n'ont épargné que la bibliothèque, comme si les livres ne les intéressaient pas. Rien de tout cela n'a de sens.

– Tu n'es pourtant pas partie bien longtemps…

Elle prononce cette phrase à haute voix, en essayant d'imiter, machinalement, l'intonation de son père. Elle a l'impression qu'elle perd la notion du temps, tout semble s'accélérer sans qu'elle ait prise sur les événements. Elle en a le tournis. Elle s'assoit et se résout à lire un peu. Tant pis pour le rangement qui attendra de meilleures heures.

Elle tombe tout de suite sur un livre très fin, une nouvelle de science-fiction écrite par le romancier américain Andy Weir. Une des nouvelles préférées de son père.

Le narrateur raconte sa rencontre avec un homme un peu sonné à qui il doit expliquer qu'il vient de mourir dans un accident de voiture. Cet homme, frappé par le vide qui l'entoure, essaye de comprendre. Le narrateur ne ressemble pas au dieu qu'il imaginait. Plus remarquable encore : ce qui l'attend, ce n'est ni le paradis, ni l'enfer, mais la réincarnation. Le narrateur et l'homme marchent, mais ne vont nulle part : c'est simplement agréable de marcher quand on parle, explique le premier au second. Sa réincarnation mettra-t-elle les compteurs à zéro, si bien que toutes ses expériences passées n'auront aucune importance pour la suite ?

Aucunement, lui répond le narrateur, puisque l'homme possède en lui toutes ces leçons de vie, même s'il ne s'en souvient pas. Son âme est bien plus belle et gigantesque qu'il puisse le concevoir. À chaque réincarnation, l'expérience de l'âme s'enrichit. Parce que l'homme a été réincarné un nombre incalculable de fois. D'ailleurs, il va être réincarné en paysanne chinoise en 540. L'homme, surpris, se demande pourquoi il va être renvoyé vers le passé, avant d'apprendre, grâce au narrateur, que le temps est une notion très relative qui n'existe que dans son univers d'humain. Le passé, le présent et l'avenir sont des inventions humaines à la recherche d'une linéarité du temps qui est en réalité illusoire. Il a donc pu interagir avec lui-même puisqu'il peut être réincarné ailleurs, à d'autres époques, de manière continuelle : cet univers dans lequel il vit a été créé pour qu'il puisse grandir et devenir plus mature, se transformer en un esprit puissant. Lui, l'homme qui vient de mourir, seulement ? Et tous les autres humains ?

« Il n'y a personne d'autre que vous et moi », lui répond le narrateur. Toutes les autres personnes sur Terre sont ses propres réincarnations. L'homme est tout le monde à la fois : Abraham Lincoln et John Wilkes Booth, son meurtrier. Hitler et toutes ses victimes. Jésus et tous les fidèles qui l'ont suivi. Pourquoi faire tout cela alors ?

Parce qu'un jour, cet homme deviendra comme le narrateur. Pour l'instant, il n'est qu'un fœtus, un dieu en devenir. L'univers n'est qu'un œuf. Le temps pour nous tous de grandir.

Pendant longtemps, Ashli s'est interrogée sur le sens que son père pouvait donner à cette histoire. Était-elle à la fois elle-même et Kurt ? Une simple citoyenne de Franklin et une cagoule noire nihiliste ?

Cette histoire étrange l'interpellait souvent. Tout est peut-être lié au-delà des limites conventionnelles du temps. Même les séparations temporelles entre les individus pourraient être une illusion. Prenons garde alors à ceux que nous maltraitons. Ils ne sont peut-être pas tout à fait ceux que nous croyons. D'ailleurs, tout ce que nous sommes, notre grandeur comme notre décadence, est peut-être difficile à mesurer. Malgré nos imperfections, malgré notre condition mortelle. Il faut aller chercher plus loin et comprendre les avertissements de l'histoire…

Mais assez de ces divagations philosophiques, se dit-elle, presque avec amusement. Machinalement, elle regarde sa montre, avant de constater avec exaspération, une nouvelle fois, qu'elle ne marche plus. Elle s'apprête à se lever pour se rapprocher de la minuterie du four, quand, au même moment, une nouvelle coupure d'électricité frappe Franklin. Ashli en avait presque perdu l'habitude. S'efforçant de trouver une position plus confortable dans le canapé, elle est décidée à faire de cette pause forcée une bénédiction. Elle voudrait que son père lui raconte à nouveau sa fable sur les trois frères : celui qui voulait reconstruire le monde avec ses mains, celui qui voulait le réparer avec son esprit et celui qui encourageait les deux autres. Elle est en demande d'inspiration pour soulager son tourment.

Mais au lieu de s'entretenir avec son père, sans réel avertissement, elle quitte momentanément le Franklin d'aujourd'hui. Elle se laisse transporter, si ce n'est ailleurs puisqu'elle ne quitte pas son fauteuil, à une autre époque.

Il fait beau. Les couleurs de la nature sont tout autres que celles que connaît Ashli d'ordinaire, et d'un éclat sans pareil. Mais ce qui la frappe surtout, c'est la qualité de l'air : moins lourd, moins oppressant, plus frais, plus respirable. Quelque chose qu'elle n'a, pour le coup, jamais connu. Et ce n'est pas uniquement parce qu'il est objectivement moins pollué.

C'est aussi parce que l'atmosphère dans laquelle elle se trouve se distingue de son quotidien : dans la rue, aucune présence policière ni militaire. Les enfants jouent avec une insouciance tout à fait inhabituelle. Les gens se parlent sans y être forcés, sans ressentir le besoin de dire ce qu'il convient de dire. L'ancienne Constitution qui fait office de loi dans l'ensemble du pays, garantit encore la liberté d'expression. La devise célèbre toujours simultanément le melting-pot et l'unité américaine. Représailles, violence et insécurité, tant politique qu'économique ou culturelle, ne font pas partie des tourments permanents des citoyens de Franklin, et encore moins de leur champ lexical. Chacun sait ce à quoi il a droit. Chacun connaît également ses devoirs. On ne marche pas sur la terre en pensant qu'elle peut, à tout moment, se fissurer sous ses pieds et compromettre sa position ou dérouter. Il émane un sentiment étrange de stabilité, de solidité des actions les plus triviales. Le sens de la communauté est entier et naturel, il n'interroge pas. Le vent arrière rend les obstacles que l'on aperçoit çà et là moins impressionnants. Le pardon, la réconciliation, et avant même tout cela, le bénéfice du doute, constituent la règle ici, dans cette ville, où l'on ne fait pas que se parler, mais où l'on dialogue et où l'on échange.

Ashli pénètre dans sa maison. Elle l'a fait de très nombreuses fois, ces récentes semaines, ne voyant presque plus les arbustes morts qui l'entourent. Aujourd'hui, la végétation est d'un vert éclatant, presque éblouissant. Elle ouvre la porte grâce à la clé attachée à son jean – mécanisme inviolable mis au point par son père qui voulait s'assurer que sa fille puisse toujours entrer et attendre le retour de ses parents en sécurité. Cette même porte que le gouvernement fédéral a fracassée, pour des raisons inconnues. Elle regarde à travers la fenêtre. Les barbelés délimitant les propriétés (les « territoires », comme on dit aujourd'hui) sont absents. Les plantes et les arbustes qui ornent les clôtures font oublier qu'il y a des délimitations entre les maisons. Pour atteindre la fenêtre, Ashli traverse un salon propre et en ordre. Aucun débris de verre ne risque de la blesser. Le passage des enquêteurs n'est qu'un lointain souvenir dans cette déambulation nocturne d'Ashli. Un réflexe la pousse à entrouvrir les yeux. Mais elle s'efforce de les refermer rapidement, pour ne pas laisser son cerveau la rappeler à l'ordre.

Il y a les odeurs aussi. Certaines dont Ashli ne soupçonnait pas l'existence. Rien de renfermé, de rassis dans cette maison ; des parfums, des arômes, des goûts qui invitent à la vivacité, au renouveau, à la réinvention, pas à l'entre-soi, à l'enfermement, ni au conservatisme. Elle saisit la main de ses deux parents. Mais quand sont-ils arrivés ? Ashli l'ignore. Elle tente de chercher leur regard, mais elle n'y parvient pas. Ils n'ont pas de visage. Pas de bouche, pas d'expression. Ni même d'émotion ou de sentiment. Rien. Ashli aurait espéré y trouver un indice… Même celui d'un rejet de ce qui se passe, un regard désapprobateur dirigé vers leur fille. Mais non, rien. Impossible de sonder ce qu'ils désirent, ce qu'ils feraient à sa place.

Le sursaut du réveil est brutal. Ashli pense d'abord à une attaque, même si elle se refuse, comme toujours, à l'appeler ainsi. Elle se jette à terre et tente, malgré le désordre, de gagner l'isoloir, avant de se raviser. Le bruit ne trouve pas sa source dans un acte humain, mais un acte de la nature : un violent orage s'abat sur la ville. Ashli se relève avec précaution pour se rapprocher de la vitre. Les éclairs illuminent toute la pièce. La déambulation presque paisible d'Ashli est bel et bien terminée. Son cerveau exprime une immense frustration au souvenir de ces personnages sans visage, censés être ses parents. Mais son cœur éprouve un immense soulagement de ne pas savoir.

Le courant revient. Le téléphone vibre. Un SMS de Tammy. « Mets la deuxième chaîne, lui dit son amie, tu ne vas pas le regretter. » Ashli sait déjà pourquoi.

CHAPITRE 18

Retour vers le futur est incontestablement le film préféré de tous les temps d'Ashli. Les mauvaises langues peuvent se moquer de son manque de noblesse. Les plus constructifs peuvent insister sur le fait qu'il s'est largement fourvoyé, en proposant une image bien trop optimiste de l'avenir. Mais ces rabat-joie ne changeront pas l'avis d'Ashli : c'est bien la trilogie la plus divertissante de l'histoire du cinéma. Et puis, ce n'est pas qu'un film.

C'est aussi l'histoire de sa vie. Un vrai cliché, penseraient ceux qui ne connaissent pas Ashli. Mais les quelques personnes qui lui sont proches ne peuvent qu'être frappées par la remarquable ressemblance entre leurs parcours. Marty McFly, le jeune héros du film, fait un voyage dans le futur et se rend compte que son rêve d'adolescence – devenir un grand guitariste – s'est brutalement écroulé le jour où, sur un coup de tête, il s'est lancé dans une course-poursuite avec des voyous du quartier, qui lui a valu d'être blessé à la main de manière irrémédiable. Sa petite amie l'a épousé tout de même, mais par pitié. Et ses enfants ? Des *losers* assez pathétiques, à l'image de ce que son père était et de ce que lui a toujours voulu ne pas être.

Alors, avec un savant fou pour allié, il joue le tout pour le tout dans une tentative improbable de réécrire le passé et l'avenir en même temps. Il croit échouer, de manière catastrophique pour lui et pour le reste du monde. Mais, moment délicieux, à la fin de la trilogie, il revient à la case départ, avec ce savant fou qui lui rappelle la règle de base : tout reste à écrire. Tout reste à construire. Rien n'est gravé dans le marbre.

Et Ashli se surprend à rêver. Bien plus qu'en repensant aux conversations inspirantes avec son père durant les coupures de courant. Plus que lors de ses paisibles flâneries dans les souvenirs. Et, il faut bien l'admettre, plus encore que pendant ses road trips avec Tammy et Joe — qui finissent toujours par lui renvoyer en pleine figure sa propre solitude.

Retour vers le futur, pour elle, ce n'est pas qu'un film. C'est une manière de voir le monde. Une philosophie discrète, une boussole du libre arbitre à laquelle elle se tient comme à une règle tacite. Bien sûr, la technologie nous promet de nous sauver de nous-mêmes, de réparer nos automatismes toxiques, d'effacer même certains regrets. Elle nous fait croire qu'on peut réécrire l'avenir. Mais pour combien de temps ? Et à quelle condition ? Elle n'est, après tout, qu'un levier. Et pendant le Grand Chaos, elle n'a pas suffi. Il faut un pilote aux commandes. Quelqu'un qui décide, qui propose un cap. Pour Ashli, *Retour vers le futur* tient lieu de feuille de route, un mode d'emploi de la volonté. La tristesse et la platitude du paysage actuel, qui donne le sentiment de monotonie, qui rend triste et nourrit l'ennui, ne sont que le résultat du manque d'imagination, de volonté et d'ambition. Dès qu'on accepte que tout reste à écrire, et surtout, qu'on a l'opportunité de le faire, on se rend compte que l'éventail des possibilités est infini.

« *It's movie night!* » répond Ashli à Tammy. D'un geste de la main, elle balaie tout ce qui l'empêche de pleinement apprécier son fauteuil. Puis elle découvre non sans satisfaction qu'il lui reste un paquet de pop-corn qu'elle glisse dans le vieux four à micro-ondes : le crépitement des graines de maïs, qui annonce la célébration à venir, soigne tout. Et puis il y a l'odeur du pop-corn, inimitable, presque source d'une autre forme de déambulation dans le passé, avec tous les souvenirs d'enfance.

Comme toujours, ce film la transporte autre part, vers des horizons qu'elle ne fréquente habituellement pas. Ashli est bien consciente qu'Hollywood a produit des films bien plus raffinés. Mais Hollywood n'est plus là. Hollywood a abandonné ce pays. Alors, attachons-nous à ce qui existe. Arrive d'ailleurs la scène finale, dont tout le monde a parlé au fil du film, mais à laquelle on n'a jamais assisté : celle de l'accident, lorsque Marty se lance, sans réfléchir, dans la course-poursuite fatale. C'est le moment. Il va commettre l'irréparable, l'erreur de sa vie. C'est écrit, puisque tout le monde en parle dans le futur – conversations dont lui-même a été le témoin lors de son escapade dans l'avenir. Le spectatcur retient son souffle. Quand soudain, alors qu'il fait mine d'enclencher la vitesse supérieure, Marty part en marche arrière, brisant le cycle d'inévitabilité : il écrit une histoire différente.

Si Ashli le pouvait, ce serait exactement le don de super-héroïne qu'elle choisirait pour elle-même, en réécrivant sa vie. Kurt : héritier des musiciens les plus populaires de l'Amérique (la vraie), cultivant sa ressemblance avec Van Morrison, mais capable de créer quelque chose de neuf, d'inimitable. Elle : maman dévouée de plusieurs enfants dont elle s'occupe pendant les tournées nationales et internationales interminables, qui les emmènent loin de Franklin, loin des tensions. Et puis, dans ce monde-là, il n'y a pas de discorde et encore moins de sédition. Pas de chaos, mais au contraire l'harmonie qui permet de penser à l'avenir. Une cohérence qu'elle a peut-être créée elle-même, grâce à son engagement politique et à sa participation active au conseil de la ville qui devient un exemple pour le reste du pays. Dans ce monde-là, se dit-elle, le regard dans le vague, on cultive l'entraide et l'émulation collective. On pense à l'avenir. Dans ce monde-là, elle est quelqu'un.

Une bombe explose au loin. Ashli sursaute, comme si elle se réveillait d'un cauchemar. Sauf que sa déambulation nocturne lui était agréable. C'est le retour à la réalité qui est violent, brutal.

Dehors, l'orage violent continue de secouer le ciel. Les éclairs illuminent le paysage, comme pour rappeler sur quoi se porte la colère de la nature. Les habitants de Franklin ont préféré la prudence et sont restés chez eux. Malgré l'orage, malgré la détonation que tout le quartier a bien dû entendre, le calme règne dans les rues de la ville. Mais Ashli, elle, espère que quelque chose se cache derrière ce voile de tranquillité. Qu'une vraie tempête va s'abattre sur la ville, et qu'il faudra enfin réécrire l'avenir.

Le téléphone vibre. C'est un SMS de Joe.

« Qu'est-ce que tu vas faire maintenant que le film (*LE* film) est terminé ? »

« Depuis quand est-ce que mes activités t'intéressent ? Tu me surveilles ? » lui rétorque Ashli du tac au tac, juste pour rire.

Elle pourrait se mettre à ranger son salon, mais elle ne trouve toujours pas la force de le faire. Pas tout de suite, du moins, malgré l'heure sans doute tardive.

« Non, je ne te surveille pas, mais je me dis que je devrais le faire plus souvent ! »

La réponse n'a pas tardé.

Les trois petits points qui défilent sous le message indiquent cependant à Ashli que Joe n'a pas tout à fait terminé.

CHAPITRE 19

Ashli relit le message de Joe en boucle.

Elle fronce les sourcils, lève la tête, tente de comprendre ce que Joe essaie de lui dire. Avant d'avoir, à nouveau, un aperçu du chaos qui règne dans la pièce principale.

« Peut-être le livre qu'il m'a offert l'année dernière », se dit Ashli, perplexe.

Il y a quelques minutes, avant que cette conversation par SMS commence, elle avait sommeil. Peu à peu, elle sent son cerveau se remettre en marche, aiguillonné par l'adrénaline de la curiosité. S'il s'agissait d'un film hollywoodien, la scène serait sans doute accompagnée d'une musique de suspense, se dit-elle. Ou mieux, celle qui indique que le mystère s'épaissit, mais que l'on va bientôt comprendre la fin de l'histoire.

« Ouvre-le. Page 84. »

Encore faut-il qu'elle détermine de quel livre il s'agit. Ce n'est pas comme si sa bibliothèque était pleine à craquer. Son père possédait beaucoup de livres. Mais il s'en est débarrassé, « pour faire de la place ». Il n'avait jamais aimé le désordre chez lui. Laisser son propre chaos derrière lui, c'était sa hantise.

Le vent souffle. Fort.

« Alors ? Tu y es ? »

L'impatience de Joe l'irrite et la fait sourire à la fois. Elle sollicite sa mémoire.

Son père a donné un certain nombre de ses livres à Joe. Est-ce la clé du problème ? Ou du moins la première clé du problème, avant de chercher à savoir ce que Joe a bien pu découvrir, si tard dans la nuit ?

Depuis que son père n'est plus là, Joe joue un rôle étrange dans sa vie. Un remplacement, pourrait se dire un observateur distrait. Mais ce serait plaquer un schéma humain sur une relation qui n'a rien de typique. Pendant de longues années, Joe a fréquenté le père d'Ashli, et a même investi dans son affaire. Tous deux voulaient réinventer l'Amérique, ayant pressenti le chaos qui se préparait, même s'ils ne se l'avouaient pas de la même manière, même s'ils n'en parlaient pas ouvertement. Ils avaient relu leurs classiques. Ils avaient réévalué leur compréhension du pays. Et ils avaient anticipé l'issue probable de ses soubresauts. Ashli oublie parfois ce lien particulier qui les unissait, jusqu'à ce qu'il se passe quelque chose qui le lui rappelle. Comme ce soir.

« Alors ? »

Devant sa bibliothèque, Ashli a les mains sur les hanches. Elle cherche.

Joe n'a pas eu beaucoup d'occasions de lui faire des cadeaux. On ne fête plus les anniversaires depuis le Grand Chaos. Il ne s'agit pas d'une loi écrite ni d'une prescription explicite. Mais pendant longtemps, on a été dans l'impossibilité matérielle de le faire. Alors, on a désappris cette coutume.

Et puis, quand Tammy et Joe viennent, c'est souvent avec une boisson. En dehors de la bière, les goûts de Joe sont très sélectifs. Quand il veut boire du vin, il sait exactement ce qu'il souhaite, et ne pourra pas apprécier son dîner sans. Alors, autant venir armé et bien préparé. Était-ce à la nouvelle journée d'indépendance, qui a remplacé le 4 Juillet, depuis la fin des événements ? Ashli, qui habituellement a une bonne mémoire, tente de se remémorer la scène. Deux clans, avec une frontière visible, dans le jardin, une sorte de zone démilitarisée comme celle qui existait autrefois entre les deux Corées, matérialisée par une partie de gazon vide, séparant les *hillbillies* et fidèles de Kurt de ceux qui avaient tiré leur épingle du jeu et qui jugeaient Ashli suffisamment utile à leur plan pour continuer de la fréquenter. La « haute société » ! Ainsi les désignait toujours Kurt, prenant un accent British et se dandinant, pour signifier tout le mal qu'il pensait des fréquentations de sa chère et tendre.

La fête s'est relativement bien passée l'année dernière, autant qu'elle s'en souvienne. Pas d'incident majeur, contrairement aux autres éditions. Ashli avait rusé, en invitant ses amis bien plus tôt, sans le dire à Kurt. Elle avait réussi à l'éloigner le plus possible. Il était rentré à la maison avec un taux d'alcool dans le sang suffisamment élevé pour s'en moquer. Ses amis l'avaient rejoint plus tard dans la soirée. Les deux populations n'avaient fait que se croiser.

Qu'avait fait Joe ? Ashli cherche, et cherche encore. Elle s'accroupit pour parcourir l'ensemble des livres de sa bibliothèque. Elle en a hérité certains de son père. Des classiques essentiellement. Ceux qu'elle préférait lire avec lui. Ceux qui parlaient d'un pays qui n'existe plus. Ashli se concentre. Si Joe insiste, c'est pour une bonne raison.

Tammy et Joe étaient arrivés en retard ce jour-là : une coupure de courant avait interrompu le chargement de la batterie de leur voiture. Les souvenirs reviennent, peu à peu. Ils étaient boudeurs – ils s'étaient sans doute disputés, comme souvent, dans la voiture, s'était dit Ashli. Mais soucieuse de plaire aux autres invités, et anxieuse à la perspective de voir Kurt rentrer trop tôt, elle n'y avait pas prêté plus attention. Elle espérait que l'alcool et la convivialité feraient leur travail. La soirée était vite passée. Mais le sentiment que quelque chose ne tournait pas rond grandissait dans son esprit. Kurt et ses amis avaient débarqué, sans faire de scandale. Cela avait presque été facile. Elle en était même venue à se demander si certains des seconds couteaux de Kurt n'avaient pas salué poliment ses amis à elle. Pour une fois, ce n'était pas eux la source du malaise qu'elle ressentait.

Non, maintenant, elle se souvient parfaitement de la scène. Le départ prématuré de Tammy et de Joe, eux qui avaient l'habitude d'aider à ranger, à la toute fin. Tammy ne l'avait pas vraiment regardée en lui disant au revoir. Lui était réservé, plus que d'habitude. Et puis, presque à contrecœur, il le lui avait tendu…

Une nouvelle coupure d'électricité vient de plonger brusquement la pièce dans l'obscurité quand un éclair violent, accompagné d'un coup de tonnerre assourdissant, attire le regard d'Ashli sur un livre : celui d'Aldous Huxley, *Le Meilleur des mondes.*

CHAPITRE 20

Le temps devient de plus en plus instable dehors. Des vents violents. Des éclairs.

À la page 84 du livre, que Joe lui a enjoint de lire, deux dialogues se déroulent en parallèle, indépendants l'un de l'autre. Certains passages sont mis en exergue par un stylo fluorescent.

Ce qu'il vous faut, c'est un gramme de soma.

Tous les avantages du christianisme et de l'alcool : aucun de leurs défauts.

Le surlignement saute quelques passages avant de reprendre.

À présent – voilà le progrès – les vieillards travaillent, les vieillards pratiquent la copulation, les vieillards n'ont pas un instant, pas un loisir, à arracher au plaisir, pas un moment pour s'asseoir et penser, ou si jamais, par quelque hasard malencontreux, une semblable crevasse dans le temps s'ouvrait béante dans la substance solide de leurs distractions, il y a toujours le soma, *le* soma *délicieux, un demi-gramme pour un répit d'une demi-journée, un gramme pour un week-end, deux grammes pour une excursion dans l'Orient somptueux, trois pour une sombre éternité sur la lune ; d'où, au retour, ils se trouvent sur l'autre bord de la crevasse, en sécurité sur le sol ferme des distractions et du labeur quotidiens, se précipitant de Cinéma Sentant en Cinéma Sentant, de femme en femme pneumatique, des terrains de Golf-Électro-Magnétique en…*

Et puis, avec une petite écriture en pattes de mouche, si caractéristique du père d'Ashli qui devait souvent faire tenir de longs mots sur de petits espaces de bois, est inscrite la note suivante :

Huxley l'avait imaginé. Ce pays a cru qu'il s'agissait d'un rêve, d'une ambition. Il n'a pas compris que c'était en fait le cauchemar de Huxley, et l'a rendu réalité.

* *
*

Ashli commence par la question la plus évidente : comment Joe se souvient-il de ce qui figurait à cette page précise du livre, qui appartenait manifestement à son père, qu'il lui a donné il y a plus d'un an ?

« On avait la même édition », lui répond-il d'une manière laconique qui ne lui ressemble pas. Elle comprend alors que ce n'était pas l'objet de son message initial ni de sa préoccupation, mais elle ne peut s'empêcher d'insister : « Et alors ? Tu avais surligné les mêmes passages ? »

« Toujours. C'était ainsi dans notre groupe de lecture. On lisait ensemble. On échangeait, on débattait. Et on tombait souvent d'accord, surtout avec ton père, sur le message clé. Celui-là, on l'avait surligné ensemble, dans nos éditions respectives. Je ne sais pas comment j'ai hérité de l'exemplaire de ton père. Une erreur à mon avis. Il t'était destiné. »

Voilà qui éclaircit le « comment », songe Ashli, même si elle ne connaissait pas l'existence de ce groupe de lecture. Mais elle préfère se concentrer sur une autre question restée entière : le « pourquoi », la raison qui a poussé Joe à lui donner ce livre l'année dernière. Et surtout : à quoi doit-elle s'intéresser dans ce texte ? Alors elle se remet à lire le livre. Depuis le début.

Puis, elle se souvient.

Le *soma*, cette fameuse drogue de synthèse dans le roman de Huxley. Les autorités publiques que l'auteur a imaginées la présentent comme un médicament miracle pour soigner tout type d'angoisse, y compris les petites contrariétés, et assurer la stabilité intérieure et individuelle de chacun. Pas de civilisation sans stabilité sociale, soutiennent-elles. Et pas de stabilité sociale sans stabilité individuelle, affirment-elles. Ainsi, on doit mettre fin à toute contrariété individuelle. Et comme chacun est à sa place dans cette société que Huxley a imaginée (non sans ironie), personne ne doit éprouver de malaise. Tout le monde peut jouir et doit jouir de sa propre stabilité intérieure, qui elle-même contribuera à la stabilité du groupe, et pour finir à celle de la civilisation tout entière. La boucle est bouclée.

Stabilité. Un mantra, dans un effort d'autopersuasion à grande échelle. Comme si répéter le mot pouvait faire la réalité du territoire. *Mais cherche-t-on la stabilité, ou à assommer suffisamment les gens pour donner un sentiment de stabilité, une impression assez forte pour qu'elle puisse faire illusion ?* Ashli n'avait pas remarqué cette annotation de son père, sur la page précédente. Elle lui rappelle le chaos de sa vie, certes. Mais encore ? Son cerveau exige de comprendre immédiatement. Son cœur l'invite à patienter. Le bouillonnement intérieur est dur à supporter, mais elle cherche, animée de cette étrange conviction qu'il y a quelque chose à la clé. Que la fin de l'histoire arrive.

On a mis fin à la douleur. Parfait. Mais la moindre contrariété engendre désormais de la souffrance. La chaleur, l'été ? Une déception amoureuse ? Un moment de gêne avec une autre personne, après une mauvaise blague ou un mot de travers ? La souffrance. On a effacé l'anxiété. Et on se retrouve avec de la douleur. Partout. Mais pourquoi ce message de Joe… ? Et pourquoi ce soir ?

En tournant la page, elle n'obtient pas vraiment de réponse. Mais elle n'est pas moins surprise.

Il y avait dans ce pays des gens décents. Des travailleurs qui faisaient de leur mieux, avec ce dont ils disposaient. Ils avaient une famille, des amis. Un temps pour le travail, un temps pour être avec ceux qui leur étaient chers, puis un temps pour la distance, pour regarder ailleurs. Une ambition. Un rêve. Si ce n'était pas pour eux, c'était pour la génération d'après. Le regard rivé vers l'avenir (ce qui a toujours sauvé ce pays par le passé). On a mis fin à des maladies que l'on croyait incurables. On a résolu l'énigme du cancer et du sida. En un temps record. On se croyait inarrêtables, on avait foi en notre élan. Personne ne pouvait mettre fin à cette révolution en marche – surtout pas les politiciens véreux ni les régulateurs incompétents. On croyait tout soigner, y compris la colère de ces gens. Chacun d'entre nous croyait connaître sa place : il y avait ceux qui pouvaient reconstruire, ceux qui étaient capables de réparer et ceux qui voulaient, tout simplement, encourager le processus de guérison. Mais on a oublié de rêver. Et on a laissé toute une partie de nos compatriotes, qui ne rêvaient plus depuis belle lurette, sur le bas-côté de la route. Et on l'a payé très cher.

L'addiction est venue mettre fin à notre rêve. De manière cruelle, parce qu'on était en plein sommeil, on ne s'est pas rendu compte de ce qui se passait. Du moins, trop tardivement. On a tout parié sur notre anesthésiant, notre nouvelle religion, notre soma *à nous. On croyait atteindre une nouvelle ère messianique. Mais le sol, de l'autre côté de la transition, n'était pas si ferme. En fait, à la place de cela, on a perdu nos amis, nos partenaires amoureux, nos communautés. La douleur a disparu, et pourtant, la souffrance est partout. Nous ne croyons plus en nous. Nous sommes devenus insensibles. Ce pays est devenu insensible. Maintenant, il est temps d'atteindre la fin du tunnel. On croyait que ce ne serait qu'au bout d'un long chemin. Mais ce chemin peut prendre fin dès maintenant. Si nous avons le courage de faire face à la douleur, à la souffrance. Si nous nous souvenons qu'elles présentent une opportunité formidable, celle de nous reparler, de reparler de nous-mêmes, de nos ambitions et de nos rêves… Huxley l'avait vu. Avoir besoin de drogue pour atteindre la lune ? Cela dénature la nature même du succès. Notre inconfort exige que nous trouvions des solutions immédiates. Alors qu'en fait, il exige qu'on se réinvente, et qu'on ait le courage d'imaginer le coup d'après. Pas que l'on fuie. Mais que l'on fasse face à ce qui nous attend. Ici et maintenant.*

– A.P., jour un après le début du Grand Chaos.

CHAPITRE 21

Il s'est arrêté de pleuvoir. Le calme météorologique est revenu – à moins qu'il n'annonce la tempête, comme souvent. Le calme humain n'a pas bougé. Ashli non plus d'ailleurs. Son regard reste fixé sur les initiales de son père. Non que le message ne la touche pas. Ni que le caractère historique familial de ce qu'elle tient entre les mains lui échappe. Pas plus que la date à laquelle son père a signé ce message : il a disparu un jour après…

Non, ce sont les initiales qui retiennent son attention, très longtemps. Cette signature n'avait rien d'anodin. Elle ne faisait pas allégeance au gouvernement fédéral, comme l'exigeait la loi américaine de tous ses citoyens, dès le début du Grand Chaos. Le serment au drapeau et au pays n'avait rien de nouveau : tous les enfants le faisaient depuis 1892. Mais désormais, c'était au gouvernement fédéral, en mal de crédibilité et de légitimité, qu'il fallait affirmer sa loyauté. Dans tous les écrits politiques d'aujourd'hui, on retrouve une forme de cette allégeance.

Pas dans le texte de son père cependant. *Les politiciens véreux, les régulateurs incompétents…* Mais aussi l'espoir de reconstruire, autre chose. Un espoir si fragile en apparence – et pourtant si peu exprimé alors qu'il commande l'attention. Cela n'a rien de commun. À l'époque, on était loyal ou séditieux. Pour autant, le texte du père d'Ashli ne contient aucune référence à l'alternative au pouvoir en place, à la rébellion, aux sécessionnistes – c'est d'ailleurs un soulagement pour Ashli : si cela avait été le cas, elle aurait pu s'exposer à de graves problèmes, y compris une remise en cause de sa pastille rose. Juste l'affirmation d'une indépendance vis-à-vis d'un débat engluant et polarisant, reflet d'un pays dont le moteur s'est tout simplement cassé.

Ses mains tremblent. Peut-être la sensation d'être vivante, à nouveau ? De ne pas craindre la douleur, justement, parce que c'est elle qui lui redonnera la vie ? L'envie de ne plus redouter l'avenir, mais au contraire de s'y confronter ? Surtout que Kurt n'est toujours pas là. Il va bien rentrer, tôt ou tard. Mettre fin au cycle inévitable de violence, et se retrouver, au bout du tunnel, elle-même… Et surtout, ne plus avoir peur : ni de ce chaos qui l'entoure, ni dans sa vie, ni dans le pays, ni de ce qui l'attend.

Ashli sursaute violemment. Un couvercle de poubelle est tombé dans la rue. Le bruit a retenti dans tout le quartier. Et soudain, la jeune femme se rend compte que ce calme n'a rien de normal. Même à Franklin, dans le contexte actuel, avec une population anesthésiée par un *soma* des temps modernes. Elle s'aventure à l'extérieur.

La sérénité qui règne devrait la surprendre agréablement. Mais ses tripes lui affirment le contraire, qu'il faut courir, et vite. À moins que ce ne soit ses oreilles qui lancent l'alerte : comme si elle prenait de la hauteur, en altitude, elles commencent à se boucher. Et ce silence qui s'est installé sur la ville n'annonce rien d'apaisant. Personne n'est là, ni Kurt ni les cagoules noires qui ont vraisemblablement choisi une autre partie de la ville pour cible ce soir. Pourtant, cet équilibre avec lequel Ashli parcourt la rue est presque déstabilisant tellement il est inédit et impassible. La colère qui s'exprime dans ce quartier, y compris dans ses silences et dans ses indifférences, n'est plus perceptible. Le temps a freiné sa course.

Et puis, une petite brise vient chatouiller la main d'Ashli. Elle la réveille tout doucement, la pousse à se retourner. Un papillon, espère-t-elle ?

Ashli revient vite à la raison.

Elle comprend que tout est fini.

Du moins, ce chapitre particulier.

En aidant à penser à l'impensable, la fiction concourt à le rendre crédible.

– Gérald Bronner

CHAPITRE 22

La tornade qui avance inexorablement vers elle a quelque chose de presque grotesque. Même Hollywood l'aurait jugée pathétique : trop énorme, trop violente, trop symbolique de toute la colère du pays, et peut-être même de la planète. Une vraie parodie à ce stade de l'histoire. Que la fin puisse emprunter une issue aussi prévisible, sans effets spéciaux ni musique terrifiante pour accompagner cette marche destructrice, même Ashli, qui fait pourtant face à une menace existentielle, se refuse à y croire. Est-ce pour défier le sort ? Ou est-ce la peur qui la paralyse ? Et puis ce silence qui l'accompagne, comme si elle était seule au monde… Ashli, tétanisée, ne bouge pas. Elle éprouve une étrange lucidité vis-à-vis de ce qui se joue, ici, devant elle. À moins qu'il ne s'agisse d'un sentiment de révolte. Emportée par une énième catastrophe naturelle : si elle avait dû imaginer la fin de l'histoire, ou, du moins, la fin de *son* histoire, ce n'est pas celle qu'elle aurait visualisée.

La puissance d'appel de la tornade la ramène toutefois à des considérations plus pragmatiques, l'instinct de survie prenant le pas sur le fatalisme. Elle tente de fuir, mais ne voit absolument rien de ce qui l'entoure. Elle pourrait être seule au monde – cette fois, cependant, le danger est immédiat et juste devant elle, comme s'il guettait ses moindres mouvements. Elle tente un pas vers la gauche…

Un débris, d'une provenance inconnue, manque de peu de l'assommer. Il heurte sa main. Elle hurle, mais personne ne l'entend, pas même elle.

Peut-être doit-elle prendre à droite. Ou reculer. Mais le froid qui règne, un froid auquel elle n'est plus habituée depuis longtemps, un froid aberrant au regard du climat habituel de Franklin, achève de la désorienter. Elle se replie sur elle-même pour tenter de se protéger de la grêle qui commence à s'abattre sur elle, comme animée d'une volonté contraire. Elle tombe à terre et se recroqueville sur elle-même. L'instinct de survie, encore, lui ordonne de protéger sa main blessée avec le reste de son corps, et son oreille la plus exposée à l'aide de son autre main encore valide. Parce que le bruit, lui aussi, est terrible. L'enfer s'est invité sur Terre, et pas n'importe où. La Terre où les gens sont censés être libres, la Patrie où les gens sont censés être courageux. À moins que cela ne corresponde au monde d'avant, Ashli n'est plus certaine de rien. Ce chaos ambiant est déroutant, y compris pour elle.

L'instinct de survie refuse pourtant cette issue. Il lui ordonne de bouger. Elle ouvre timidement les yeux, comme une enfant trop consciente d'une vilaine bête qui se trouve juste devant elle. Suffisamment pour se rendre compte que Joe est à ses côtés. (Comment est-il arrivé là ? se demande-t-elle sans avoir le loisir de réfléchir à cette question.) Et pour distinguer une porte, remarquablement intacte, qui vient la heurter de plein fouet.

Et puis c'est le silence. Un très long silence.

CHAPITRE 23

La désolation…

Un objet tente de secouer son épaule. Impossible, répond le cerveau, puisqu'elle est morte. Il ne peut pas en être autrement.

Un paysage complètement décimé par une tornade multivortex et une crise climatique inédite…

L'insistance de l'objet commence à la faire douter. Du moins, à faire douter ce qui reste de l'instinct de survie d'Ashli. Existe-t-il encore une possibilité de rebond ?

Le président appelle à l'unité, plus que jamais, pour venir en aide aux…

Et puis il y a cette voix, lointaine et pourtant bien là, qui annonce le résultat des courses, le bilan de l'histoire.

Mais la communauté internationale…

Cette voix dans laquelle se mêlent gravité, passion et intensité. Elle est lente. Comme si elle prenait le soin de poser chaque voyelle. Comme si elle voulait rassurer. Assurément pas une actrice de la scène. Seulement une observatrice qui tente de faire preuve de compassion ou juste de professionnalisme, parce que l'empathie est probablement hors de portée à ce stade.

... *pont aérien...*

La voix s'accélère. Elle devient poignante et haletante. La catastrophe n'est pas terminée, alors la musique doit suivre le pas et s'activer. L'avertissement est lancé : le temps est au mouvement et à l'action si l'on veut éviter un drame encore plus terrible.

... *les voies terrestres et maritimes restent...*

Et toujours cet objet, qui refuse d'arrêter, qui continue de la secouer. Un peu comme si lui aussi participait à l'action. Il est temps de bouger...

Mais tout cela est beaucoup trop accablant, écrasant pour Ashli. Elle serait bien incapable de dire qui elle est, ce qu'elle fait là, et même ce qu'est ce « là ». Alors elle démissionne à nouveau.

CHAPITRE 24

Lorsque Ashli se réveille, elle se demande quel peut bien être ce bruit effroyable qui fait vibrer les murs autour d'elle et le lit (est-ce un lit ?) sur lequel elle est allongée. Avant de se raviser, en voyant Joe ronfler sur le fauteuil installé à côté d'elle. Il a la bouche grande ouverte, la tête tellement penchée qu'il donne l'impression qu'il va s'écrouler comme un château de cartes, à n'importe quel moment. Ashli ne peut pas bouger, mais l'observe. À son grand soulagement, Joe ne tombe pas. Pas encore, du moins. Un gros pansement masque le côté droit de sa tête. La petite tache rouge au centre indique que la blessure doit être sévère et loin d'être résorbée.

C'était donc lui, ou du moins sa main, cet étrange objet qui tentait de la réanimer. Il n'a pas insisté très longtemps cependant. Le sommeil a eu raison de lui.

L'intention d'Ashli se concentre ensuite sur le moniteur installé juste à côté d'elle. Il a tout l'air du type d'instrument que l'on utilise dans les hôpitaux pour suivre le rythme cardiaque des patients. Ce petit bruit incessant, initialement masqué par les ronflements de Joe, a quelque chose d'agaçant, d'angoissant même, sans qu'Ashli puisse vraiment s'expliquer pourquoi – jusqu'à ce qu'elle se rende compte que cet instrument mesure son rythme cardiaque à elle, et non pas celui d'un autre. Dans un endroit, cependant, qui n'a rien d'un hôpital. D'abord parce qu'il fait froid. Incroyablement froid. Ensuite, parce qu'elle a beau être entourée de quatre rideaux de séparation, de ceux qui servent dans les hôpitaux à préserver l'intimité des gens, elle a conscience que la salle dans laquelle elle se trouve est incontestablement plus grande, voire immense. Elle devine aussi le mouvement pressé et anxieux derrière les rideaux qui ondulent légèrement, presque de manière imperceptible. Parfois, le mouvement est plus franc, comme pour traduire l'urgence de la situation.

Puis Ashli lève les yeux vers le plafond, entièrement noir et d'une hauteur inégale. À certains endroits, il paraît extrêmement profond. Les yeux d'Ashli ont du mal à évaluer sa hauteur, d'autant qu'il semble lui aussi en mouvement. Un mouvement plus lent, mais constant. Les minuscules lumières qui le perlent lui font penser à des étoiles dans un mauvais décor. De grosses barres noires, sur lesquelles sont fixés des spots nettement plus lumineux, quadrillent les parties basses du plafond. Cette proximité rend les spots presque aveuglants, un peu comme s'il fallait intimider et avertir. Ashli préfère ne pas les fixer trop longtemps. Et puis cette disposition irrégulière embrouille aussi le cerveau, qui ne sait pas vraiment où focaliser son énergie et son attention… S'agit-il d'un message du monde extérieur qui lui serait destiné, un message portant sur la profondeur qu'elle atteint dans ce nouveau chapitre qui s'ouvre ? Où est-ce que la confusion ambiante devrait lui servir de rappel, à savoir que le chaos a été, est et sera sa réalité, lui laissant seulement à voir une liberté, une spiritualité qu'elle ne peut pas atteindre ? Doit-elle y lire le champ des possibles à ce stade de son histoire, la diversité des voies qui s'offrent à elle, ou au contraire le juste ordre des choses : certaines se trouvent très haut dans l'échelle de l'univers, alors qu'elle, ici-bas, est mêlée aux aspects plus triviaux de la vie. Car ce spectacle-là, qui nous présente tout ce dont nous rêvions et ce qui est inatteignable, ce qui nous échappera toujours et ce qui nous reste fermé, ce spectacle-là, c'est peut-être cela l'enfer.

Le grognement de Joe la sort de ses pensées. Il s'est péniblement levé. Maintenant, il grogne en s'étirant, les deux mains sur les reins. Puis il se retourne et sourit, de ce sourire qui fait toujours tout oublier. Pourtant il y a quelque chose de différent dans son expression, d'indéfinissable. Deux larges cernes marquent le visage de son ami, mais il n'y a là rien de nouveau. Il semble avoir mal au dos, mais rien d'inhabituel non plus, sur ce plan-là. Ashli l'observe avec intensité. Les yeux rougis de Joe, la peau anormalement brillante de son visage et son regard indécis et hésitant le trahissent. Il a perdu l'assurance et la foi. Il a pleuré.

Mais avant qu'Ashli puisse creuser la question, Joe se lance, comme s'il voulait maintenir l'avantage dans l'échange qui s'annonce :

– Comment va ta main ? demande-t-il avec une rapidité qui ne lui ressemble pas.

– Ça va. Enfin, je n'en sais rien.

Ashli essaye de revenir à sa préoccupation initiale : ce qui a changé chez Joe. Elle n'est ni fatiguée ni particulièrement embrumée, mais ne parvient pas à mettre le doigt sur ce qui aurait pu faire pleurer Joe. Et elle se sent en manque, comme si elle avait perdu quelque chose. Un membre ? Elle ne le pense pas, et fait machinalement bouger ses mains et ses pieds, tout doucement, avec prudence, craignant la douleur qui pourrait survenir. Son état de pleine conscience la surprend particulièrement d'ailleurs : la menace constante de l'arrivée de Kurt, du regard des autres et de la colère du reste du pays lui donne d'ordinaire un sentiment de brouillard mental constant. Ici et maintenant, c'est la lucidité qui prime. Mais une lucidité amnésique : impossible de se rappeler quel avertissement lui lançait son cerveau il y a quelques instants à peine, et encore moins de comprendre ce qu'ils font là tous les deux, dans ce lieu étrange. De s'expliquer cette sensation de manque pesant. Cette confusion la trouble, mais elle n'a pas l'énergie d'en faire quelque chose.

– Je ne sens rien, dit-elle.

Elle voudrait interroger Joe, mais celui-ci ne lui en laisse pas le temps :

– Tant mieux. Ils ont réussi à la sauver, d'extrême justesse, ils m'ont dit. Est-ce que tu te sens oppressée ? Tu as du mal à respirer ? Ils m'ont averti qu'il fallait être vigilant là-dessus.

« Ils », répété en boucle. Comme si tout cela relevait de l'évidence. Comme s'il existait un lien de causalité entre le chaos intérieur que ressent Ashli à ce moment précis et toutes ces réalités que Joe énonce d'un ton précipité.

Son ami prend le parti de s'asseoir – péniblement – et de saisir la bouteille d'eau qui se trouve sur la table de chevet. Quelque chose ne tourne pas rond. Ni intérieurement, pour Ashli, ni dans tout ce qu'elle est en train d'observer et de vivre. La sensation de chaos interne lui est assez familière, et les difficultés que Joe éprouve pour se lever et s'asseoir sont symptomatiques de quelqu'un qui mange trop, depuis trop longtemps. Mais cette vitesse à laquelle il parle intrigue Ashli, comme la rapidité avec laquelle il saisit cette bouteille d'eau. Un sentiment d'urgence et de tension tellement inattendu quand il s'agit de Joe.

– Tu as bu ? Il faut que tu boives.

Il est sur sa lancée. Rien ne l'arrêtera. Elle reconnaît sa détermination si caractéristique. Cela au moins n'a pas changé. C'est rassurant. Et pourtant, l'indécision et l'hésitation s'imposent de nouveau dans l'expression de Joe. Il lui sert un verre d'eau et le lui tend en le plaçant si proche de sa bouche qu'elle comprend qu'il est prêt à la faire boire lui-même, voire à l'y contraindre si elle formule la moindre protestation. Après les premières gorgées, cependant, elle lui en est reconnaissante : elle mesure à quel point sa bouche sèche l'empêchait de s'exprimer. Et peut-être même de penser.

– La déshydratation, c'est le pire ennemi pour l'instant.

Pourquoi toutes ces alarmes intérieures, cette intuition intime que quelque chose ne va pas ?

– Il va te falloir des forces, du courage, continue-t-il.

Quelle était cette préoccupation initiale ? Ce manque qu'elle ressentait ?

– Sinon, on ne s'en sortira jamais…

Joe poursuit son monologue. Mais Ashli ne s'y intéresse plus. Elle détourne le regard, un peu vers la gauche. Un peu trop, elle est éblouie par le spot. Et d'un coup, cela lui revient. La tornade… D'une toute petite voix, car elle connaît déjà la réponse, elle s'aventure :

– La maison de papa ?

Un hochement de la tête presque imperceptible lui fait comprendre qu'elle n'y mettra plus jamais les pieds.

Mais ce n'est toujours pas cela. Pourquoi Joe a-t-il pleuré ?

– C'est Tammy… ?

Alors Joe s'effondre. Sans un bruit. Des sanglots silencieux d'un homme qui a tout perdu, y compris sa foi en l'avenir, et qui n'a plus d'autre chemin à emprunter que de faire face à ses désillusions.

CHAPITRE 25

On dit que le deuil comprend quatre étapes.

D'abord, le déni. Un mécanisme de défense et de survie assez unique, quand on y pense. Si l'on refuse de reconnaître ou d'accepter ce que les autres, ou ce que la nature de manière ultime, essaye de nous imposer, peut-être, pense-t-on initialement, qu'on peut y échapper. C'est l'espoir d'une erreur, d'un renversement de situation *in extremis* – un barrage qui se construit pour se protéger d'un fleuve de douleur et de tristesse qui s'annonce difficile, voire impossible, à surmonter. On refuse de voir, donc on ne voit pas, on ne sait pas et on n'a rien à assumer. On imagine un autre monde, sans réaliser que les autres n'y voient que des fantaisies. On tente de préserver son idéalisme, même s'il s'agit de continuer à combattre des moulins à vent. Pourquoi pas, après tout. La réalité peut s'avérer plus malléable que les pauvres d'esprit et les âmes conservatrices le croient.

Ensuite vient la colère. Ce sentiment, on ne le connaît que trop bien. On essaye, par toutes les voies possibles, de concilier la nouvelle réalité avec ses espoirs et sa foi, ses rêves et ses ambitions. Puis, vient le moment où l'on se rend compte que l'on pagaie à contre-courant et qu'on ne pourra pas aller bien loin dans cette bataille qui ne peut connaître qu'une issue. Alors, à ce moment précis, ce n'est plus de l'agacement ni même de la frustration que l'on ressent. Ce n'est même pas de l'irritabilité ni de l'hostilité envers les autres. Non, c'est de la rage contre l'ordre des choses. Une rage destructrice, d'autant plus féroce que l'on sait qu'elle est vouée à l'inutilité, parce qu'elle se concentre sur quelque chose de beaucoup plus grand qu'elle, que nous tous. Alors elle ne fait que grandir. Mais jamais assez pour surmonter l'obstacle. La révolte est sans issue et autodestructrice. Elle se nourrit du vide, du rien. On a beau faire face à toutes sortes de dangers, la vulnérabilité ultime, c'est soi-même, quand on ne sait plus gérer sa colère.

Après, dit-on, l'idée de la négociation fait son chemin. Peut-être qu'il est encore temps de s'accommoder de la nouvelle donne. Peut-être que la perte n'est pas aussi grosse qu'on l'imagine. Peut-être que la vie peut continuer. Peut-être qu'il y a un avenir. Peut-être qu'on s'est abandonné à la désillusion, au désenchantement même, un peu trop rapidement, et qu'il y a de la place pour changer le cours des événements. Ou pourquoi ne pas revenir dans le temps, pour marchander une issue plus favorable avec une puissance ou un être supérieur ? On est prêt à tout promettre, y compris l'impossible, dans ce jeu dans lequel on a été forcé d'entrer. On cherche la petite lampe qui cacherait le génie omnipotent. Cette négociation fait office de deuxième barrage, pour tenter, une ultime fois, de contenir l'océan de douleur et de tristesse que l'on sent monter, mais auquel on ne sait se résoudre, auquel on ne sait faire face.

Cette dernière digue doit sauter, tôt ou tard. Alors s'installe la dépression, le sentiment aussi intense que persistant que, non, plus rien ne sera comme avant, que tout effort de conciliation de la réalité, ou de marchandage *avec* la réalité, est vain et condamné à l'échec. Ce sentiment de défaite face à la réalité devient une prison alors que la dernière issue possible, celle de la marche arrière, s'avère illusoire. La trahison est totale et irréversible. Le rebond est inconcevable. Et l'on s'attend à ce que la musique s'arrête, à n'importe quel moment.

Jusqu'à ce que vienne le moment de l'acceptation. L'instant où un autre chemin se dessine, et où l'on se rend compte que cette prison dispose d'une sortie de secours, après tout. La minute à laquelle on se dit qu'il est finalement peut-être possible, si ce n'est de se satisfaire, au moins de s'accommoder de cette nouvelle réalité. On commence à s'accoutumer à la nouvelle donne dans laquelle on a basculé par un enchaînement d'événements qu'on ne maîtrisait pas. La crise est terminée. D'autres portes s'ouvrent. Il n'est pas question d'oubli ni de pardon – bien au contraire d'ailleurs. On est conscient de ce qu'on a perdu. Il s'agit de se réinventer, tout en intégrant les leçons du monde d'avant, dans une quête de paix intérieure, de normalité. Sans aide artificielle – comme un médicament ou de l'oxygène – ni mensonge. Avec l'espoir qu'une mission, une raison d'être noble fera surface, à un moment ou à un autre. La plupart du temps, il s'agit d'un vœu pieux. Mais celui ou celle qui traverse cette phase du deuil ne le sait pas forcément. Alors, on avance. L'espoir de se trouver dans un nouveau monde et d'être immunisé contre les malheurs d'hier peut parfois constituer une source d'énergie suffisante pour passer à autre chose.

Au cours des semaines qui suivront ses retrouvailles avec Joe dans ce gymnase géant transformé en hôpital de fortune pour accueillir les victimes de la tornade, Ashli se demandera souvent dans quelle phase du deuil elle se trouve. Vis-à-vis de Tammy, et vis-à-vis de Franklin aussi, que la tornade a complètement rasé, apprendra-t-elle plus tard. Elle se demandera même s'il n'y a pas une alternative possible au déni et à l'acceptation (parce que la colère, elle, est omniprésente, avec ou sans deuil) : celle de l'abandon. La possibilité de démission face à l'absurdité de ce qui nous entoure, dont on ne peut plus décemment rire, et qui n'est même pas seulement le fait de la stupidité et de l'inconséquence des autres, puisque la folie meurtrière de la nature a pleinement joué son rôle. Abandonner, pour mieux vivre, pour mieux se porter. Avec un peu plus de légèreté, ou au moins un peu plus de détachement. Pour ne pas avoir à associer une explication à tout ce qui nous entoure et que la raison ne sait pas forcément éclairer immédiatement. Abandonner, parce que le suicide est impensable dans l'éducation que l'on a reçue. Et puis parce que se suicider serait faire preuve de lâcheté et qu'on aurait du mal à l'admettre, même dans la mort. Toutes ces considérations vont hanter Ashli pendant de nombreuses semaines.

Mais pour l'instant, depuis la sortie du gymnase dans lequel elle a été soignée pendant plusieurs jours, avec Joe à ses côtés, elle contemple le spectacle de désolation que lui présente sa ville natale, complètement décimée. Un paysage de destruction que l'imaginaire collectif réservait à un pays en guerre. Mais les pauvres et les damnés de la Terre ont perdu leur monopole. L'Amérique offre une image d'un pays à genoux désormais. Hier, elle espérait, presque à haute voix, en sa capacité de rebond.

Mais aujourd'hui, elle est soudainement submergée par le doute.

CHAPITRE 26

C'est étrange, mais Ashli ne connaissait pas la maison de Tammy et de Joe de Franklin aussi bien qu'elle connaissait celle de Georgetown Beach. Peut-être parce qu'elle n'avait pas souvent l'occasion d'y venir. Désormais, elle s'y est installée avec Joe.

La demeure se situe dans la frange de la ville que la tornade a décidé d'épargner. Rencontre, assez répandue dans la région, entre le style colonial et le style victorien, elle est entourée d'un jardin assez grand, dont l'herbe paraît d'autant plus verte que l'espace est lui-même cerné par le vaste désert de désolation que la tornade a laissé derrière elle. On peut y pénétrer par le grand hall d'entrée – d'une extravagance dont l'Amérique a encore le secret, malgré les turbulences récentes. Après tout, la maison existait avant le Grand Chaos, avait coutume de dire Joe, et elle lui survivra.

Une réplique de la peinture de Grant Wood, *American Gothic*, trône au-dessus d'une console : un homme et une femme debout devant une maison en bois de style néogothique, comme on en voit souvent dans la région. Au regard austère, pesant, voire impassible, mais porteur d'un avertissement grave sur l'avenir d'un pays. Lancé à une Amérique qui a oublié ses valeurs traditionnelles et ses vertus historiques ? Menacée d'implosion parce qu'elle a choisi la mauvaise voie ? La sévérité du regard de ces deux gardiens du temple laisse planer le doute dans cette demeure qui a perdu sa maîtresse de maison – et son âme par la même occasion. Elle effraie Ashli, à vrai dire. Alors, depuis qu'elle habite chez Joe, elle préfère éviter l'entrée principale, et privilégie la petite porte de l'arrière.

Elle s'y est installée parce qu'elle n'a plus de maison, et plus aucune nouvelle de son mari. Il est peut-être mort, enfoui sous les décombres. Peut-être même qu'il l'a quittée avant même qu'elle puisse le faire elle-même. Mais tout cela ne fait pas partie de ses préoccupations immédiates. Autre chose se joue. Elle le sait, mais elle ignore l'enjeu exact.

Elle ne vit pas avec Joe. Elle n'est même pas vraiment une colocataire qui aurait une interaction régulière avec l'autre occupant de la maison. Non, en réalité, elle ne fait que coexister avec son ami, muré dans un silence qui ne laisse aucun doute quant au fait qu'on a basculé dans un monde nouveau. Un monde dans lequel l'homme le plus bavard du monde ne parle plus. Lui aussi essaye d'abandonner, peut-être…

Joe ne fait que creuser des trous et planter toutes sortes d'arbres. Des oliviers, des cerisiers (certains à fruits, d'autres à fleurs uniquement), des pommiers, un acacia, un sapin. Il tente tout type d'expérience, réfléchissant à l'agencement des différents spécimens de son jardin, un peu comme un architecte faisant et refaisant des murs, ou un artiste ébauchant sa prochaine œuvre. Il creuse, se rend compte qu'il a fait une erreur, et recommence plus loin. Il donne l'impression de vouloir réinventer le paysage de son jardin, au milieu d'un désert de ruines, de déchets et de désolation. La scène serait presque cocasse si elle n'avait pas lieu ici.

Ashli passe le plus clair de son temps à lire. Ce n'est qu'un maigre substitut à l'engagement politique, mais c'est le seul qu'elle ait pu trouver, coincée dans cette maison luxueuse entourée d'un désert silencieux.

Aujourd'hui, elle s'attarde sur la préface que l'auteur de science-fiction britannique Neil Gaiman a écrite pour l'édition spéciale du cinquantième anniversaire du classique de Ray Bradbury, *Fahrenheit 451*. Dans la société dystopique britannique des années 1950 de Bradbury, les livres sont interdits. Les pompiers, dont le personnage principal, Guy Montag, ne sont pas là pour éteindre les feux, mais pour les allumer, et détruire les livres. Grâce à sa jeune voisine, Clarisse, Montag prend conscience de la vacuité intellectuelle qui l'entoure. C'est le début de sa rébellion contre la dictature dans laquelle un ancien professeur de littérature, Faber, l'accompagnera. Ashli relit plusieurs fois les premiers mots de la préface de Gaiman, comme s'ils avaient un sens caché :

Parfois, les écrivains évoquent un monde qui n'existe pas encore. Nous le faisons pour une centaine de raisons. (Parce qu'il est bon de regarder vers l'avenir, et non vers le passé. Parce que nous devons éclairer un chemin que nous espérons ou craignons que l'humanité emprunte. Parce que le monde de demain semble plus attrayant ou plus intéressant que le monde d'aujourd'hui. Parce que nous devons vous avertir. Vous encourager. Examiner. Imaginer.)

Et si un romancier ou un auteur de science-fiction devait évoquer l'avenir des États-Unis, et tous les jours qui suivront, que verrait-il ? La question taraude Ashli, après avoir lu et relu les mots de Gaiman. Ce livre est un avertissement, poursuit-il. Un rappel que ce dont on dispose est précieux, que nous tenons parfois pour acquis ce qui nous est essentiel. Alors, comment imaginer le monde de demain ? En essayant de compléter trois phrases, propose Gaiman.

Et si ? Pour penser la possible rupture. Parce que tout n'est pas linéaire et que le chaos, ou du moins le passage abrupt à un autre monde, est toujours possible. Ashli en sait plus qu'elle ne le voudrait à ce sujet.

Si seulement ? Pour penser l'avenir avec optimisme, ou du moins, avec lucidité – ou alors pour regretter. Si seulement je trouvais une solution. Si seulement j'avais trouvé une solution (mais je ne le sais peut-être pas encore). Un parfait résumé de toute l'ambivalence qu'Ashli ressent, depuis toujours : la nostalgie pour un monde qui n'a jamais été, et l'interdiction faite à elle-même de se morfondre. L'injonction de croire à des lendemains qui chantent.

Si cela continue… Cette proposition-là, Ashli préfère justement ne pas s'y attarder. Gaiman nous dit qu'elle est la plus prédictive des trois. L'auteur doit choisir un élément aussi clair et évident que perturbant. Et se demander ce qui se passerait si cet élément devenait plus imposant, omniprésent au point de transformer notre manière de penser et de nous comporter. C'est un avertissement, une mise en garde. Pour être efficace, ajoute Gaiman, la fiction n'a pas besoin de prédire l'avenir (et n'a pas les moyens de le faire). En réalité, elle n'est jamais aussi efficace que quand elle évoque le présent, en s'attardant sur tous ces éléments troublants et perturbateurs, justement, et en prolongeant, en extrapolant pour permettre aux lecteurs du monde d'aujourd'hui de voir la réalité sous un autre angle, d'une autre perspective. Voilà où réside l'avertissement : la fiction nous raconte ce qui est vrai, provoquant ainsi l'empathie dont nous manquons, parfois. Si cela continue…

Le soleil reprend le dessus sur les nuages. Éblouie, Ashli essaye de se tourner vers la gauche, puis vers la droite, sans trouver de position confortable. Elle lève la tête pour constater que Joe, lui, continue. Ce temps qu'il se consacre à cette vaste tâche… La persévérance de son ami impressionne Ashli, surtout au regard des résultats assez modestes qu'il obtient – mais bien entendu, cela, Ashli ne le dit pas à Joe. Elle voudrait pouvoir s'expliquer ce qu'il fait. Elle voudrait pouvoir espérer que ce travail acharné témoigne de la volonté de son ami de reconstruire, de rebondir. Mais elle sait bien que tout cela n'a rien de naturel. Joe n'a jamais été un manuel et a toujours fui l'effort physique. Et puis le résultat est désordonné, même chaotique. Elle n'ose pas le lui dire. Surtout qu'il ne parle pas. Plus un mot de la journée. Ce mutisme a de quoi inquiéter Ashli, qui prend, pour l'instant, le parti de ne rien faire. Cela finira bien un jour, se répète-t-elle en boucle.

Les soldats passent souvent devant le jardin. Ashli leur sert parfois un verre de limonade et demande de leurs nouvelles. Joe, lui, se tient à l'écart, ne les regarde même pas, maintenant qu'ils sont devenus omniprésents. Avant la tornade, tant qu'elles restaient à l'écart et se faisaient discrètes, les forces armées étaient acceptées dans une ville où leur simple existence ne faisait pas consensus – sans qu'on le dise ouvertement, bien entendu. La catastrophe a changé la donne, comme si elle avait anéanti toute velléité de rébellion : on ne voit qu'elles depuis la tornade. Les militaires ont joué un rôle crucial dans l'aide aux victimes. Une opportunité bienvenue pour le gouvernement fédéral de redémontrer leur intérêt, ont dit les plus pragmatiques. Ou juste un moyen supplémentaire pour nous contrôler, ont soupçonné les plus sceptiques. Mais tout cela en silence. Et personne, cependant, ne pose la question interdite de ce que ces forces armées font vraiment là. Même si cette question est dans tous les esprits.

Un jour, d'ailleurs, la patrouille habituelle marque un temps d'arrêt à peine plus long que d'habitude. Un peu comme si les soldats avaient un doute, souhaitaient dire quelque chose, sans savoir tout à fait comment. Un doute suffisamment explicite pour que Joe soit intrigué – ou s'en inquiète –, sorte de son mutisme et brise la glace, sans prendre de pincettes :

– Vous pensez réellement que ces ordures vont avoir l'envie de recommencer leurs magouilles et leurs conneries ? Si ça se trouve, ils sont tous morts dans la tornade. Le diable est venu les chercher.

Joe prononce cette dernière phrase en ricanant. Le rire grinçant de celui qui a vu le diable, justement, d'un peu trop près.

– Regardez ce spectacle, ajoute-t-il avec amertume, en désignant d'un geste ample la désolation qui l'entoure.

La patrouille est composée de quatre hommes et une femme. Le plus âgé a la peau très mate et, selon toute vraisemblance, est le chef. Il s'approche de Joe, la main sur la mitraillette, et pourtant le regard plein de bienveillance. Il veut rassurer.

– Bonjour, monsieur M. C'est bien possible. Mais soyez vigilant. On ne sait jamais. Notre renseignement nous indique que certains voyants sont encore au rouge. Ils savent bien se cacher, vous savez. On les connaît.

Les propos du chef sont accueillis avec un simple grognement de mépris de Joe qui ne semble pas croire un mot de ce qu'on lui dit.

– Hier encore, poursuit le militaire, des témoins ont vu des cagoules noires aux abords de l'autoroute, en train d'essayer de dépouiller les convois d'aide en provenance de la capitale. On nous appelle à beaucoup de vigilance. On ne sait pas quels sont leurs objectifs réels. Mais nous n'avons pas été en mesure de confirmer tous ces témoignages. On y travaille. Dans ces conditions difficiles, vous savez…

L'homme lâche un soupir. Ashli a posé son livre pour mieux observer la scène. Elle n'est pas tout à fait certaine du message que le militaire souhaite faire passer. Elle hésite entre communication maladroite en temps de crise sans réel dessein, ou danger précis et immédiat. Un danger délicat à gérer, puisqu'on ne crie pas « au feu » dans un théâtre bondé, au risque de générer une panique encore plus meurtrière que l'incendie lui-même. Bref, le chef est perplexe.

– Et vous, rien ne vous a semblé sortir de l'ordinaire ?

Il retourne la conversation. Il craint peut-être d'en avoir trop dit, ou de créer plus de problèmes qu'il n'en résout. À moins qu'il ne sache vraiment rien du terrain qu'on lui a demandé de contrôler. Joe, lui, n'écoute plus. Il commence à tourner le dos, pioche à la main, pour continuer à creuser ses trous.

– N'hésitez pas à nous contacter en tout cas, crie le chef, conscient que Joe l'ignore.

Deux des autres hommes et la femme semblent avoir le regard perdu et ne manifestent aucun intérêt pour la conversation. Le quatrième soldat est très jeune. Il ne peut pas avoir plus que dix-huit ans. Il est noir de peau. Son visage est couvert d'acné. Contrairement à ses camarades, lui a une expression préoccupée devant le comportement de Joe, un peu comme s'il partageait pleinement son deuil. Il regarde son chef, désemparé, espérant que lui saura quoi faire. Et puis soudain, les deux hommes se tournent vers Ashli et lui sourient. Ashli ne sait pas quoi dire ni que faire. Alors elle leur sourit en retour. Eux la saluent en touchant leur casque du bout du doigt. Le chef, d'un bref geste de la tête vers Joe, qui est désormais loin dans le jardin, demande à Ashli, sans dire un mot, de veiller sur son ami, parce qu'on ne sait jamais. Ashli opine tout aussi discrètement, acceptant sa mission.

La patrouille peut continuer. Et Ashli peut retourner à sa lecture. Elle ne sait pas quelle heure il est. Sa montre, restée à son poignet tout ce temps, ne fonctionne toujours pas. Et Franklin ne dispose pas des ressources nécessaires pour nourrir toute une population. Alors pour réparer une montre…

Au début, quand elle s'est installée dans la maison, elle a essayé d'écrire, de se souvenir de la fable des trois pères, et de l'inscrire dans un carnet. Mais ses mains lui faisaient mal, et penser au passé était plus douloureux encore. Surtout parce que l'histoire de trois pères ne tenait plus : au moins deux d'entre eux avaient disparu avec la tornade.

Heureusement, la lecture l'aide à penser à autre chose désormais. À moins qu'il ne s'agisse de passer outre, de s'inviter dans un autre univers lointain dans lequel ses préoccupations immédiates n'ont pas lieu d'être. Ashli vient de terminer *Fahrenheit 451*. Elle voudrait revenir au livre que lisait son père, sur la théorie de l'univers-bloc, comme pour terminer ce qu'il n'avait pas… Mais elle refuse d'achever sa pensée. Et puis elle n'a pas le courage de reprendre ce pavé aussi technique qu'ésotérique, alors elle pioche un autre livre dans la pile.

La romancière américaine Harper Lee est bien connue du grand public, bien qu'elle n'ait publié qu'une seule œuvre, pour laquelle elle a remporté le prix Pulitzer. C'est rare. (En réalité, elle a publié un deuxième roman, la suite du premier, un an avant sa mort, mais on n'a jamais vraiment su si c'était son souhait à elle.) Lee nous emmène à Maycomb, au cœur de l'Amérique profonde avec son lot de racisme, de ségrégation et de tensions raciales. Il y a cette scène dans laquelle le père de famille tire à bout portant sur un chien enragé qui menace la petite ville, tout cela sous les yeux ébahis de ses deux enfants qui ne l'auraient jamais cru capable d'un tel acte de bravoure. Un seul tir suffit à ce père, Atticus, qui élève ses enfants seul, pour mettre fin à la menace. Le reste du quartier, dont la voisine de la famille, connaissait bien l'adresse quasi mythique d'Atticus quand il s'agissait de tirer à la carabine. Mais cela avait échappé à ses enfants, Jem et Scout, qui se savaient protégés sans pourtant en avoir totalement conscience visiblement. Et eux semblent tout ignorer de la violence à venir, violence que leur père – et le lecteur d'ailleurs – pressent déjà assez largement. Leur père n'est pas que l'homme patient, doux et attentionné qu'ils connaissent bien. Il est aussi un tireur doué et déterminé. On ne connaît pas toujours les gens avec qui on vit, et parfois encore moins ceux qui nous ont élevés.

Le soleil se couche sur Franklin. Ce silence assourdissant qui règne sur la ville, Ashli ne peut pas s'y résigner. Elle a connu la solitude et le silence par le passé, mais jamais ce sentiment d'isolement et de vide. Elle est réveillée de sa torpeur par le dernier coup de pioche de la journée de Joe. Ce dernier coup a toujours quelque chose de caractéristique, de singulier par rapport à tous les autres : il émet le son d'une conclusion temporaire d'une histoire. Mais cette fois-ci, Joe est inhabituellement proche d'Ashli dans le jardin. Elle n'a pas vu cette proximité progressive et maladroite s'installer au cours de l'après-midi. Elle se rend bien compte que quelque chose a changé, mais tout cela est trop soudain pour qu'elle puisse s'y préparer : sans même lever la tête, Joe s'adresse à elle pour la première depuis très longtemps.

– Il faut qu'on parle.

CHAPITRE 27

Une fois par mois, la mairie de la ville livre à chaque habitant un petit stock de viande qu'elle conseille de consommer rapidement pour éviter tout risque de contamination alimentaire que les autorités publiques sont parfaitement incapables de gérer à l'heure actuelle. Le hasard fait bien les choses, puisque c'est aujourd'hui qu'Ashli et Joe ont reçu leur ration. Ashli s'est attelée dans l'après-midi à préparer le meilleur des repas possibles, avec sa sauce barbecue mythique, espérant donner à Joe la force et le courage dont il a besoin pour se remettre à parler. Et pour accepter que l'abandon ne soit peut-être pas la seule voie qui s'offre à lui. Mais rien, rien ne se passera comme prévu ce soir.

Il mange avec appétit, comme toujours. Il reprend de la salade, ce qui est plus rare, mais il a sans doute faim. Il boit. Beaucoup d'eau. Un peu de bière, issue de sa réserve qui commence à se réduire significativement. Mais on y pensera en temps voulu. Plus étonnant encore, il reprend des carottes et des petits pois. Ce n'est néanmoins pas ce qui attire l'attention d'Ashli. Son ami s'est changé et a substitué à son bleu de travail une chemise et un bermuda blancs. Ils resplendissent dans un paysage dans lequel on s'est plutôt accoutumé à la boue et à la saleté. Elle se demande même s'il ne s'agit pas de vêtements neufs.

Mais ce n'est pas cela non plus qui intrigue Ashli, non.

C'est le livre qu'il a sous le coude. Non pas tant parce qu'elle n'a pas vu Joe lire depuis longtemps, mais parce que ce livre, c'est la nouvelle d'Andy Weir, *L'Œuf*.

Il mange. Mais il ne regarde pas Ashli.

– Ton père était tenté de les rejoindre.

La phrase sort sans aucun avertissement. Elle aurait pu avoir le mérite de briser le silence devenu bien pesant, mais elle est brutale et violente. Joe s'est retenu depuis longtemps. Trop longtemps, visiblement. Il aurait voulu être prudent, et ne pas tout lâcher d'un coup. Mais la pression est devenue trop forte, et curieusement, Ashli le sait. Elle pourrait se raccrocher à l'ambiguïté de la sortie de Joe et exiger davantage de précisions. Réclamer une reformulation du propos, revendiquer le droit à l'incompréhension. Mais Ashli comprend tout à fait le sens de sa phrase. Comme si elle le savait déjà. Leurs regards se croisent. D'un geste presque imperceptible de la tête, Ashli l'autorise à continuer.

– Il ne croyait plus à l'unité. J'étais le premier surpris : il avait autant adopté ce pays que l'Amérique l'avait adopté lui. Il connaissait sa place dans la société qui ne présentait plus aucun mystère pour lui. Il était fier d'être une pièce du puzzle comme tous les autres : petite pièce, mais rouage essentiel de la communauté. Jusqu'au jour où il s'est mis à douter.

Dehors, le ciel est lourd et menaçant. Au loin, on peut presque voir les turbulences s'accumuler. Il ne s'agit pas seulement des éclairs qui illuminent brièvement la ville avant de laisser place à nouveau à l'obscurité profonde, ni du vent violent qui malmène les arbres que Joe a plantés. C'est aussi une sorte d'intuition que le statu quo ne peut plus durer. La situation est mûre pour que l'on bascule dans un autre monde.

– Il ne m'a jamais rien dit, riposte Ashli, qui n'est pas encore prête à entendre la réalité qu'elle a pourtant déjà devinée.

La pluie qui s'abat désormais sur la maison est difficile à ignorer. Elle martèle le plafond, les vitres. À moins que ce ne soit de la grêle.

– À moi non plus. Il ne disait jamais rien sur le sujet. Jusqu'au jour où je l'ai surpris en train de lire un de leurs pamphlets, son feutre fluo à la main. Enfin, à moins que ce ne soit lui qui l'ait voulu, inconsciemment. Un soir, au magasin, dans l'arrière-boutique. Il a levé les yeux quand je suis rentré. Il n'a même pas sursauté. Il m'attendait. Tout compte fait, je ne l'ai pas surpris, non. Il m'attendait. Il voulait en parler.

– Il les a toujours reniés, répond Ashli, qui pour une fois, passe outre sa volonté de ne jamais parler d'eux explicitement. Ces salopards à la cagoule noire.

– Il ne croyait plus en la capacité de la capitale de faire quoi que ce soit. Alors il cherchait une autre voie. Et tout à coup, je me suis mis à douter moi aussi. Ton père sans foi en l'Amérique, c'était comme un homme pieu qui ne croit plus en Dieu. Il était devenu plus américain que nous tous. Je ne comprenais plus.

Le tonnerre vient conclure la séance météorologique. Plus de doute. On y est. Joe a toujours les yeux rivés sur son assiette vide qu'il aurait sans doute remplie s'il restait de la nourriture. Sa tête ne bouge pas, seulement ses lèvres. On dirait un mari infidèle qui avoue sa faute, ou un ami qui reconnaît ne pas avoir dit toute la vérité. Ashli se demande même s'il pleure. Elle ne dit rien, et Joe prend son silence comme une invitation à continuer. Dehors, l'orage redouble.

– Je n'ai pas voulu le laisser aller seul. On s'est assis avec eux pendant de longues heures.

– Comment avez-vous réussi à les rencontrer ?

Ashli a laissé ses mots lui échapper plus rapidement qu'elle ne l'aurait voulu. Elle veut rester détachée et regrette même d'avoir posé une question dont elle connaît la réponse.

– Ashli, vraiment ? lui rétorque Joe, mi-amusé, mi-ironique.

C'est donc vrai. C'est un secret de polichinelle. Les séparatistes ne sont pas seulement infiltrés à tous les échelons de la communauté locale. Leur identité est aussi de notoriété publique. Tout le monde sait qui ils sont. On fait juste mine de l'ignorer, et de tous se ressembler. Seuls les vols en dehors des frontières de la ville sont réprimés. À l'intérieur, les autorités fédérales savent trop bien que s'en prendre à eux, c'est risquer de menacer l'équilibre déjà précaire de la ville. Les pastilles roses, les contrôles… Tout le monde à Franklin en est donc conscient et sait qui est qui. Tout le monde, sauf Ashli, qui a toujours refusé d'en être.

Cette fois-ci, le silence s'impose un peu plus longtemps. Ashli regrette presque d'avoir interrompu Joe sur sa lancée. Un éclair éblouissant et particulièrement désagréable pour Ashli inonde la pièce de lumière. Elle sursaute.

Joe, lui, reprend d'un débit rapide :

– Alors on s'est assis avec eux, et on a parlé, longuement. On a cherché un consensus. On a cherché le plus petit dénominateur commun. On a évoqué les Pères fondateurs, la première guerre d'indépendance. On a parlé de mode de gouvernement, de Constitution, de partage des pouvoirs. Du fédéralisme et de ses défauts, de la puissance des communautés locales. On a essayé de les convaincre. Et rien n'a marché. Le temps nous a fait défaut. Le Grand Chaos a frappé. La guerre civile…

Joe ne parvient pas à finir sa phrase. Alors il conclut autrement.

– Et là, le dialogue n'était plus possible.

Ashli essaye de reconstituer les morceaux du puzzle dans sa tête, peu à peu. Elle s'efforce de se convaincre elle-même que ce qui aurait l'effet d'une bombe à fragmentation chez n'importe qui d'autre va la soulager. Que les pièces vont commencer à s'imbriquer les unes dans les autres. Les absences répétées de son père, sur la fin, physiques et intellectuelles, qu'elle préférait ignorer, prêtant une oreille complaisante à Tammy : on déteste voir ses parents vieillir, et tu n'échappes pas à la règle, lui avait-elle dit pour la rassurer.

Les colères d'Alex l'avaient davantage surprise à l'époque. Le voir s'énerver pour un rien, un état de bouillonnement permanent, mais qui avait pour source une énergie tellement plus négative que celle qu'il dégageait habituellement. Quelque chose qui ne lui ressemblait pas. Mais personne ne ressemblait vraiment à lui-même, à la veille du Grand Chaos. La température et l'atmosphère changeaient, la vie avait un goût différent. Il avait été facile pour Ashli d'oublier tout cela, de donner une explication. Donc oui, elle finira soulagée de toute cette histoire, se répète-t-elle. Le récit de Joe ne l'atteindra pas.

Dehors, la grêle s'abat sans pitié.

Mais quelque chose ne tourne pas rond dans ce que raconte Joe.

– Il n'a jamais eu l'intention de les rejoindre donc, juste l'idée de dialoguer.

Ashli prend soin de ne pas formuler son propos sous la forme d'une question, elle pose son affirmation. Elle ne se presse pas pour parler, d'une voix égale. Elle insiste sur chaque mot, pour se rassurer. Mais le sentiment ne dure pas longtemps. Joe hoche la tête, à la fois embarrassé par la naïveté de son amie, et frustré de ne pas se faire comprendre :

– Il était prêt à le faire.

Le ton est monté d'un cran. Il martèle chaque syllabe. Il s'impatiente aussi. Veut-il en arriver à quelque chose d'autre ? Tout cela échappe à Ashli qui tente encore de digérer le choc de la révélation.

– Il était prêt à le faire, reprend Joe, plus calmement. Il ne pouvait pas accepter la violence et il a tenté de les faire reculer sur ce terrain. Il avait imaginé toute une série de concessions pour donner davantage d'autonomie aux communautés locales. Il avait écrit un manifeste. Mais on se heurtait à la violence et la lutte armée.

– Je suis désolée, mais je ne comprends toujours pas. L'unité de ce pays a toujours été son credo. Sa devise personnelle.

– Il fallait qu'elle vive autrement désormais pour lui. Les États-Unis deviendraient une union de communautés qui pourraient s'inspirer les unes les autres. S'échanger les bonnes pratiques, reproduire en leur sein ce qui marchait autre part. Respecter les spécificités locales. Accepter les différences et les désaccords, sans se faire la guerre. C'était pour lui la seule manière d'éviter la fracture.

– Et pourquoi ne m'avoir rien dit ?

À son corps défendant, Ashli aussi hausse le ton, tant il lui est difficile de se contenir. Elle est révoltée, elle a le sentiment d'avoir été traitée comme une petite fille que les adultes ont exclue, sans lui dire. Rien n'est surprenant dans ce qui se joue. Elle sait depuis longtemps que le sol sous ses pieds n'est qu'une très fine couche de glace. Mais elle ne s'est jamais autorisée à se demander ce qui se passait en dessous, ce qu'elle trouverait le jour où cette couche se briserait.

– Je pourrais te répondre qu'il voulait te protéger. Qu'il préférait ne pas te mêler à tout cela pour assurer ton avenir. Mais rien de tout cela n'est vrai. En réalité, ton père a toujours veillé à ne pas mettre tous ses œufs dans le même panier. Il savait que tu n'aurais pas approuvé, que l'unité de ce pays n'était pas négociable pour toi. Il t'a élevée ainsi. Tu ne pouvais les voir autrement que comme des traîtres. Et tu connais aussi bien que moi ton père : il doutait. Il n'imaginait pas un seul instant avoir trouvé la panacée. Alors il refusait de te transmettre ce doute. Tu étais sa promesse de couverture si jamais son aventure prenait un mauvais tournant ou se révélait toxique. L'espoir que ton expérience au conseil de la ville porterait ses fruits. Il s'imaginait comme un canari à l'entrée la mine. Et toi, comme la récipiendaire du message du canari, celle qui saurait s'il fallait continuer sur cette voie, ou en emprunter une autre, forte de ton savoir-faire, de ta diplomatie. Il était hors de question pour lui de risquer l'avenir si la piste s'avérait minée. Et l'avenir, à ses yeux, c'était toi. Il ne pouvait pas envisager de te compromettre, surtout s'il avait tort…

Ashli hoche la tête, mais elle sait désormais : la proximité qu'elle a toujours eue avec Joe a masqué pendant toutes ces années un désaccord de fond, une incompatibilité de philosophie. À elle, le patriotisme et les traditions. À lui, la radicalité. Tout le reste – sa réussite, ses efforts, ses liens avec la capitale –, tout cela n'est qu'écran de fumée. Ou peut-être les dividendes de sa radicalité, justement.

– Mais ce n'est pas cela dont je voulais te parler, en réalité. On s'est perdus en chemin.

Il a enfin levé les yeux pour la regarder, d'un air penaud. On arriverait enfin au point principal ?

– Quand je t'ai écrit, le soir de la tornade, à propos du livre de Huxley, pour te montrer le travail qu'on avait accompli avec ton père, ce qu'on avait imaginé, ce qu'on avait rêvé… Bref. Ce soir-là en particulier, c'était parce que nous avions eu une nouvelle.

Nous avions eu une nouvelle, se répète Ashli plusieurs fois. Elle voudrait demander à Joe de qui il parle, qui est inclus dans ce « nous ». Tammy ? Impossible, Joe ne l'aurait jamais exposée. Et tout les opposait sur le plan politique, Ashli le sait. Elle doit porter son attention autre part. Car le tsunami arrive. Il y aura bien une secousse à la fin de ce récit. Mais le puzzle recommence à s'effriter, les pièces à redevenir plus floues. Soudain, l'image qui commençait à se dessiner perd en cohérence. Le mystère s'invite dans la conversation. Elle attend.

– Ton oncle est de retour. Il veut incarner une alternative politique aux autorités fédérales.

Un coup de tonnerre.

– Et il a besoin de toi.

CHAPITRE 28

Pendant un moment, plus rien ne se passe. L'orage s'est éloigné. Le silence s'est installé. Le temps s'est arrêté.

Ashli se croit pourtant habituée à faire le grand écart pour tenter de raccorder des réalités qui pourraient paraître à n'importe qui d'autre irréconciliables. Elle se pense capable de ne pas entretenir le même rapport avec le concept d'impossibilité que ses semblables. Elle sait faire preuve de flexibilité et de curiosité, ce qui lui permet de rester ouverte d'esprit, là où un autre pourrait être tenté par la fuite en avant, voire l'abandon, pense-t-elle généralement. Dans son ADN, elle dispose de ce dont tout le monde a besoin pour s'adapter, même aux plus grandes turbulences, même aux points de rupture.

Pourtant là, quelque chose ne fonctionne plus. Une simple affirmation a déclenché une série de bugs. Ouverture d'esprit, certes. Mais voir les morts reprendre vie… On atteint les limites de ses possibilités.

– Qu'est-ce que tu racontes ?

Elle a parlé brusquement, médusée, sans se soucier de ménager son ami endeuillé. Le temps de la politesse, du soin de l'autre, est terminé. Désormais, elle exige des réponses. Sa tolérance pour l'absurdité qui l'entoure est épuisée.

– Je sais qu'ils s'étaient brouillés. Qu'ils ne pouvaient plus se parler sans hurler. Et que tu as dû en vouloir à ton oncle. Mais il est temps…

– Pardon, pardon, pardon, l'interrompt vivement Ashli. Excuse-moi. Mais de qui est-ce que tu parles ?

– Ton oncle… ? Le frère de ton père ?

– Oui, qui est mort il y a des lustres !

Ashli a hurlé ces mots, exaspérée. On ne pourra pas aller plus loin dans l'incohérence, pense-t-elle. Elle a tort. Joe la considère avec incrédulité, complètement abasourdi.

– Mais ton père avait deux frères, Ashli ! Nick est mort au combat pendant la guerre. Mais Ray est toujours là !

Joe aussi a hurlé.

Le silence s'abat sur eux. Dehors, il ne se passe plus rien, comme si l'orage n'avait pas existé. La surprise de Joe et surtout, la sincérité de son regard, stupéfient Ashli. Alors, face à deux réalités, irréconciliables certes, elle sait qu'elle doit continuer. Que l'obstacle ultime à la compréhension est là, devant elle. Elle a l'intuition que la réponse se cache juste derrière.

– Ray ? demande-t-elle, tout doucement, hésitante et perplexe.

– Tu ne te souviens donc pas… Quand tu étais petite, tu ne le voyais pas toujours, mais il était là. Dans ton dos, dans l'ombre, dans les marges. Il veillait. Sa main sur une épaule, et les tourments se transforment en des douleurs supportables comme disait Tammy… Le premier des larrons dans le trio qu'il formait avec ton père et Nick.

Alors, Ashli se raconte à nouveau l'histoire des trois pères, sans même s'en rendre compte.

– Celui qui voulait reconstruire le monde avec ses mains, celui qui voulait le réparer avec son esprit et celui qui encourageait les deux autres.

Ashli et Joe prononcent ces mots en même temps. Les fils commencent enfin à se reconnecter.

– Il est parti, en exil, hors de Franklin, quand ton père…

Ashli n'écoute pas la fin de la phrase. Cette partie-là de l'histoire, elle n'est pas prête à l'entendre. Elle ne sera jamais prête à la revisiter. Et puis, elle a de quoi s'évader quelques instants : les souvenirs reviennent brusquement. Les baisers sur les genoux écorchés. Les consolations quand Ashli, petite, était confrontée à la cruauté du monde. Et puis cette présence. Discrète. Dans les coulisses. Et en effet, cette main sur son épaule. C'était donc la sienne. Depuis toujours.

– Il donne un discours. Pour le renouveau. Pour la reconstruction du pays. Il veut incarner le changement, au-delà de la folie destructrice des cagoules noires et de l'indifférence et l'incompétence de la capitale. En finir avec la nostalgie du passé qui ne reviendra pas. Plus de place pour la haine, la colère, la peur, le mensonge, la violence… Ou même le regret. Ces énergies ne nous ont emmenés nulle part. Nos pensées sont devenues folles. Le renouveau… c'est ce qu'il veut incarner. Il arrive demain dans la matinée. Il veut te voir.

Son histoire n'est peut-être pas destinée au chaos et à l'absurdité perpétuelle, tout compte fait, se dit Ashli à ce moment précis.

CHAPITRE 29

Cette nuit-là, Ashli ne dort pas. Du moins, elle dort sans dormir, troublée par des rêves parfois violents, parfois rassurants, portant sur le passé, sur son engagement d'hier qui s'est effrité avec l'effondrement de la vie à Franklin et son lot de désillusions. Certains de ses rêves la poussent à reconsidérer son destin, le sens de son engagement d'hier. D'autres la font sombrer parce qu'elle éprouve toutes les difficultés du monde à trouver l'énergie pour s'expliquer ce qui se passe. La nuit ne lui offre aucun soulagement, aucune possibilité de s'échapper.

Désormais, elle le sait : elle a rendez-vous. Avec qui ? Elle ne se souvient même pas de son visage. Pourquoi ? Elle veut espérer, imaginer un grand destin, elle qui n'y croyait plus. Elle vient de se découvrir l'héritière d'un vaste mouvement. Ces chuchotements dans les rues de Franklin… Le reste de la ville savait-il ? L'avait-il reconnue ? Mais une petite voix intérieure la nargue et l'empêche de se concentrer. Rien de cela n'a vraiment de sens. Rien de cela ne colle à la réalité, à *sa* réalité.

* *
*

La chaleur est pesante. Mais heureusement, le soleil n'est pas éblouissant, se dit Ashli.

Avec Joe, elle monte à bord de la Prius, sans dire un mot. Ils arrivent assez rapidement à l'entrée du terrain vague au nord de la ville, parce que la circulation est fluide : plus personne ne semble avoir de voiture à Franklin. Le terrain vague accueille chaque année la *county fair*, la grande fête qui marque l'arrivée de l'été. Lorsqu'elle sort de la voiture, ce n'est pas seulement l'importance de la foule qui surprend Ashli. C'est aussi son humeur joviale, en contraste total avec ce qu'elle a connu, avec ce que la ville a connu depuis la tornade. Coupée du monde, elle ne s'était pas figuré que les autres avaient tenté de passer à autre chose – et avaient d'ailleurs réussi, semble-t-il. Elle a été tenue à l'écart de ce qui se préparait. D'ordinaire, même elle aurait pris connaissance d'un événement politique de cette ampleur. Perdue dans ses lectures, elle a été épargnée. Ou préparée ? Mais cela, Ashli ne le sait pas tout à fait.

D'un geste discret de la tête, Joe l'entraîne vers la petite maison délabrée à l'extrême sud du terrain vague. On ne la voit pas depuis l'entrée principale, et on peut l'atteindre qu'en contournant l'immense amas d'ordures que les habitants de Franklin privés de moyens ont laissées ici. Ashli ne s'en rend pas compte immédiatement, mais elle pénètre seule dans la maison : Joe est resté à la porte, adossé à un mur abîmé. La pièce unique baigne dans une obscurité presque totale. Cette absence de lumière, cette relative fraîcheur la surprennent et la soulagent. Un seul rayon de soleil traverse la fenêtre et vient éclairer une partie de son visage. Pendant une fraction de seconde, Ashli se dit qu'elle fait face au fantôme de son père. Avant de reconnaître Ray.

CHAPITRE 30

Le silence est épais. La tenue noire inspire la terreur que doit toujours inspirer la lutte à visage couvert. L'arme est assortie à la tenue.

CHAPITRE 31

Ils s'embrassent et restent dans les bras l'un de l'autre pendant un long moment. Ashli avait presque oublié cette énergie apaisante, mais à sa grande surprise, chaque cellule de son corps s'en souvient. Le sentiment que quelque chose est en train de se jouer s'impose de nouveau à elle. L'espoir, peut-être aussi, tâchant de faire taire sa petite voix intérieure.

Ray porte une veste de velours verte sur un t-shirt noir arborant une phrase en rouge : « Si l'histoire se termine mal, c'est qu'elle n'est pas tout à fait terminée. » Son pantalon rouge était sans doute autrefois brillant. Il est désormais délavé.

– Je regrette de ne pas avoir été là pour toi. Tout ce temps. Mais je ne t'ai jamais oubliée.

Ashli ne dit rien. Elle remarque une petite table sur laquelle sont posés deux livres.

– J'ai besoin de toi. Dehors, les frères ennemis sont prêts à en découdre : les loyalistes contre les indépendantistes. Et les militaires qui ont prêté serment à la capitale, décidés à avoir le dernier mot si on ne fait rien.

Ashli patiente. La clé est là, devant elle. L'un des livres est un pavé, l'autre très fin. Elle essaye de déchiffrer les titres des deux livres dans la pénombre. L'obscurité est trop grande pour qu'elle puisse les lire, mais elle les devine.

– Mais il y a aussi les habitants de Franklin, dehors. Les anonymes. Eux aimaient tous ton père. Ils n'avaient foi en rien, sauf en lui. Tu te souviens peut-être de ces regards, quand vous vous promeniez dans la ville. Les gens qui te souriaient. Pour toi, tout cela était naturel, c'était dans l'ordre des choses. Mais c'était aussi parce que tu étais un peu l'héritière de tout ce mouvement. On va leur imposer la paix à tous. À moins que la nature humaine et leur instinct de mort ne nous imposent un bain de sang avant.

CHAPITRE 32

Ils pénètrent un à un dans la camionnette. Le mouvement est fluide, l'organisation parfaite. Aucune friction, aucune hésitation.

CHAPITRE 33

Cette révolution ne sera pas télévisée, non. Comme les autres que ce pays a connues, elle n'intéresse personne.

La foule, immense. Les cris, la joie. Le renouveau. Ou du moins sa promesse, se dit Ashli, qui reste perplexe : Ray a donc choisi un poète révolutionnaire du passé, Gil Scott-Heron, pour annoncer le monde qui vient ? Elle s'ordonne de patienter.

Mais vous ne pourrez pas y échapper. Vous ne pourrez pas rester chez vous. Vous ne pourrez pas vous déconnecter ni vous retirer, non.

Les nuages se dissipent. Le soleil, toujours aussi éblouissant, revient. Ashli, aux côtés de son oncle, regrette de ne pas avoir des lunettes noires pour se protéger. Elle n'est pas à l'aise, pas dans son élément, ici, maintenant. Mais elle commence à remettre les pièces du puzzle dans l'ordre. Et cela lui donne la force dont elle a besoin pour ne pas fuir.

Vous ne pourrez pas vous perdre en vous droguant. Pas de bière pendant la pause publicitaire, non. Parce que cette révolution ne sera pas télévisée.

Pourquoi est-elle aussi sensible à la lumière ? Et depuis quand ? se demande Ashli. Cela n'a pas toujours été le cas. L'inconfort commence à être gênant, difficile à soutenir. Elle essaye de penser qu'elle est à sa place, ici, au milieu de la scène. Mais rien de cela ne lui semble naturel.

Cette révolution ne sera pas parrainée par Amazon, sans interruption publicitaire. Elle ne vous montrera pas des images de la capitale vous chantant une nouvelle chanson ou vous désignant un nouvel ennemi, ni de la viande avariée courageusement confisquée par des autorités en peine de légitimité. Non.

Les huées de la foule. Ashli se rend compte de sa diversité alors qu'elle manifeste son mécontentement. Des Blancs et des Noirs. Des gens aisés et des plus pauvres. Mais surtout, des gens de tous les âges. Ashli n'avait plus l'habitude du spectacle d'une telle unité. Elle connaît l'histoire de son pays, les heures les plus sombres que ses concitoyens préfèrent oublier – ces révoltes contre l'ordre établi, les mouvements des droits civiques, puis le Grand Chaos. Chaque fois, cela a été l'occasion d'un coup de projecteur sur une minorité, sur un groupe spécifique. Maintenant, elle fait face à un groupe unique, qu'il est difficile d'étiqueter, de cataloguer, parce qu'il est si hétérogène. À moins que la marque appropriée ne soit « habitants de Franklin » – la marque la plus authentique du pays. Ashli sourit intérieurement à cette pensée. Machinalement, elle baisse la tête et ferme les yeux. Un petit répit face au soleil qui l'éblouit.

Cette révolution ne sera pas promue par Netflix, ni par Julia Roberts, ni par Brad Pitt, ni dans les Simpson. Vous ne deviendrez pas plus attirants ni plus minces grâce à elle. Vous ne deviendrez pas plus désirables, vous ne semblerez pas perdre du poids, parce que cette révolution ne sera pas télévisée.

Ashli rouvre les yeux. La foule a-t-elle grossi depuis tout à l'heure ? Un nuage vient couvrir le soleil, permettant à la jeune femme de reprendre sa respiration. Mais le répit est de courte durée. Son oncle ne semble pas perturbé, lui. Il ressemble trait pour trait à ceux qu'il est venu rallier. Elle est d'ailleurs frappée par la ressemblance avec son père. Mais ce n'est pas la même personne, pas le même caractère qui se tient à côté d'elle. C'est une présence bien différente. Il transpire, mais il est concentré. Lui semble savoir parfaitement où il va. Physiquement et oralement.

Fini les images en continu et au ralenti des forces armées qui tirent sur la foule. Fini ! Fini les humiliations, les punitions de ceux qui n'adhèrent pas à des codes obsolètes ou curieux et suffisamment courageux pour imaginer l'Amérique, le monde d'après. Fini les opportunistes qui prétendent connaître le problème des vrais Américains sans même les fréquenter, sans même les écouter. Faire semblant de s'intéresser à nous en déambulant dans nos quartiers avec des costumes cinq pièces taillés en Europe, c'est terminé.

La foule exulte. Il parle bien. Peut-être trop bien. Chaque mot tombe juste, presque trop. Comme s'il se récitait à lui-même. Ashli sent le malaise revenir. Elle entend encore de la colère. Rien que ça. Toujours ça. Des formules. Des images. Une révolution apprise par cœur.
Elle voudrait croire que quelque chose est en train de changer. L'élan est réel, elle le sent. Il soulève la foule. Il pourrait l'emporter, elle aussi. Mais cette énergie, elle la

reconnaît. Ce vertige collectif, cette excitation facile. Une autre drogue, en fin de compte. Après les pilules, l'euphorie politique. Ray veut rallier. Il veut rassembler. Mais ce qu'il éveille ressemble plus à un manque qu'à une conviction. Et cette fièvre-là, Ashli le sait, ne pardonne pas. Il lui ressemble, son père. Trop, peut-être. Mais ce n'est pas lui. Et elle ne sait toujours pas qui parle vraiment sur cette scène.

Plus rien ne sera linéaire, plus rien ne sera cohérent dans…

Des cris. Mais ceux-là n'ont rien à voir avec l'espoir. Bien qu'Ashli tente de les ignorer, elle n'écoute plus tout à fait son oncle. Ce sont des cris d'effroi.

Une image lui vient brusquement à l'esprit : celle d'un accident de voiture, terrifiant pour l'enfant qu'elle était. Son père avait pris le virage trop tardivement, leur voiture s'était encastrée dans un mur. Ils n'étaient pas sortis tout à fait indemnes de l'accident. Elle l'avait oublié. Jusqu'ici.

Cette révolution ne passera pas mieux avec un Coca, elle ne mettra pas fin à la mauvaise haleine. Elle vous mettra aux commandes, elle vivra…

Des cris qui glacent le sang. Les forces armées ont disparu. Ashli, immobile, sursaute en sentant une pression sur son épaule. Son oncle s'est arrêté de parler. Il la pousse vers les escaliers. Avant d'avancer, Ashli regarde la foule qui se fragmente. Un mouvement de panique se propage, lentement, comme un ralenti dans un match de football américain. Un ralenti qui lui permet de clairement discerner les hommes vêtus de noir, des pieds à la tête.

CHAPITRE 34

C'est l'heure d'ouvrir le feu. Sans autre consigne. Tirer. Assassiner. Mettre fin à la mascarade.

Nous comprenons tous que le passé inclut de nombreux moments d'instabilité sévère, de crise, voire de bouleversement révolutionnaire radical. Nous savons que de telles choses se sont produites il y a des années, des décennies ou des siècles. Nous ne pouvons pas croire qu'elles pourraient se produire demain.

– David Frum

CHAPITRE 35

Ils déambulent, sans objectif affiché, à part celui de lever leur arme au hasard et de tirer sur la première cible qui se trouve devant eux. On ne discerne rien dans leur regard, protégé par leur cagoule noire. Leur trajectoire sur le terrain vague semble parfaitement aléatoire. À la manière de robots destructeurs, ils parcourent l'espace sans destination précise, se heurtent à un obstacle, verrouillent leur cible et tirent. Avant de recommencer. La désignation de la victime et l'engagement sont rapides, ne laissent aucune place à l'hésitation. Leur objectif est clair : ils sont programmés pour éliminer et détruire.

Le ciel s'est obscurci.

Ashli est entourée de son oncle et d'autres hommes dont elle ne connaît pas l'identité. Des personnes censées assurer sa sécurité, suppose-t-elle… Joe, en revanche, a disparu. Elle tente de se retourner, de regarder autour d'elle pour essayer de le retrouver.

– Joe ? hurle-t-elle.

Mais toujours la même pression sur son épaule, qui la somme d'avancer. Les tirs continuent. L'instinct de survie pousse le petit groupe, au centre duquel Ashli se trouve, à chercher un refuge. Tentant d'éviter les cagoules noires, il poursuit son chemin au hasard, espérant éviter l'embuscade.

Un tir de mortier. Le sol qui tremble sous ses pieds. Les oreilles qui bourdonnent. La confusion.

Et soudain, Ashli se trouve toute seule, au milieu du champ de bataille.

Elle l'aperçoit alors. Il a sa cagoule noire à la main. Il n'a même pas pris la peine de se cacher. Elle reconnaît cette peau diaphane, presque transparente. Ce monstre à la peau translucide, qui ressemble à un animal féroce et affamé, à la recherche de sa nouvelle proie. Un malade qu'elle a tenté de guérir. Ce regard désespéré, éteint, glaçant, dans le vide. Ces yeux bleus qui brillaient autrefois, mais désormais délavés, sans espoir de briller à nouveau. Jusqu'à ce que lui aussi la voie.

Le regard se ravive.

Naïvement, pendant une fraction de seconde, Ashli se demande si l'espoir est permis, si un retournement de situation peut avoir lieu, si un changement de cœur peut s'imposer. Elle supplie, mais elle ne bouge pas.

Et elle voit, avec une clarté absolue, Kurt lever lentement son arme et la braquer sur elle. Le regard hagard a laissé place à la détermination.

La balle vient se loger entre les deux yeux d'Ashli.

Alors elle tombe.

Mais suffisamment lentement pour voir quelques gouttes de sang s'échapper de sa tête.

Suffisamment lentement pour se souvenir du regard de l'enfant qu'elle a rencontré, au supermarché, et qui lui a offert un sourire interrogateur, mais plein d'espoir.

Suffisamment lentement pour revoir Georgetown Beach et sa marée, ce cycle éternel, ce maire qui l'a fixée du regard parce qu'il l'avait reconnue.

Suffisamment lentement pour avoir une pensée émue pour Tammy, et pour Joe, dont elle ne connaîtra jamais le destin.

Suffisamment lentement pour revoir la maison familiale de Franklin, censée lui donner les racines dont elle avait besoin pour grandir, pour devenir quelqu'un, avant d'avoir été rasée par la tornade.

Suffisamment lentement pour se souvenir de tous ces regards, ces saluts discrets d'anonymes reconnaissant le visage de la prochaine génération, auxquels elle répondait mécaniquement, sans savoir pourquoi.

Suffisamment lentement pour se rendre compte que ce qu'elle appelait « chuchotements » et « réprobation » n'étaient en rien ce qu'elle croyait, qu'elle n'était pas aux yeux des autres l'aberration qu'elle pensait, qu'elle était au contraire la personne que l'on attendait, l'héritière censée montrer le chemin, le messie qu'on espérait.

Suffisamment lentement pour enfin voir le détail que tout le monde avait vu à l'époque, le soir de l'assassinat de son père, cette cagoule noire dans la main de l'homme qui l'avait poignardé, pour autre chose que son portefeuille.

Suffisamment lentement pour voir son père, désespéré par ses échecs politiques, désespéré de constater qu'épargner sa fille, qui aurait pu trouver une alternative, n'aura servi à rien.

Suffisamment lentement pour revoir son père, tout simplement, qui la regarde, résigné et triste.

Suffisamment lentement pour revoir les nouvelles cigales de la capitale, qui auraient pu, dans un univers parallèle, donner l'espoir d'un renouveau au lieu d'être l'aberration qu'elles sont ici et maintenant.

Suffisamment lentement pour se souvenir du Kurt d'hier, qui chantait Van Morrison et lui rappelait qu'elle était sa *brown eyed-girl*…

Suffisamment lentement pour sentir son corps heurter le sol, au ralenti, sans ressentir de réelle douleur.

Elle a les yeux grands ouverts. Elle est parfaitement consciente de ce qui se joue, dans ces derniers instants de sa vie. Alors les nuages s'écartent, le soleil réapparaît. La lumière inonde le terrain vague, sans être éblouissante ni harcelante. Elle est même surprise par le sentiment de bien-être qui l'envahit, face à cette lumière qui l'a si longtemps terrifiée. Cette lumière qui lui est enfin agréable, cette issue fatale qui ne suscite en elle aucune forme de colère ni de révolte.

Avant de comprendre la raison de cette sérénité qui ne lui ressemble pas.

Avant de se rendre compte que c'est tout simplement parce qu'elle, Ashli, ainsi que tous les personnages de ce récit, n'existe pas.

Que cette Amérique n'est qu'une invention de cauchemar que seules les heures les plus obscures de la nuit sont capables d'imaginer.

Que cette histoire n'est que pure fiction.

Mais parfois, la fiction est la voix la plus efficace quand il s'agit de nous avertir sur ce monde qui vient.

Remerciements

Naturellement, ce livre n'engage que moi.

Mais il n'aurait pas pu voir le jour sans l'investissement et les encouragements d'Isabelle, envers qui je resterai éternellement reconnaissant. Il en va de même pour Nickie Caro, dont l'approbation vaut tous les encouragements.

Je pense aussi à celles et ceux qui ont accepté de lire une version inachevée de ce texte : Sébastien et Virginie Slisse, Albert et Martine Hayem, Daniel Amram, Eglé de Richemont et Floriane Civadier – dont la lecture, à la fois exigeante, attentive et bienveillante, a fait de ce livre ce qu'il est aujourd'hui. Chory m'a aidé dans la dernière ligne droite dans la préparation de ce manuscrit.

Je voudrais également remercier les équipes de L'Harmattan et Jérôme Martin pour leur confiance.

Je n'oublie pas mes parents et ma famille, toujours là.

Je n'oublie pas non plus mon épouse, ma complice de toujours.

Et je pense à nos quatre enfants, encore bien trop jeunes pour lire ce cauchemar – mais que je sais capables, un jour, de tout réparer.

Structures éditoriales du groupe L'Harmattan

L'Harmattan Italie
Via degli Artisti, 15
10124 Torino
harmattan.italia@gmail.com

L'Harmattan Hongrie
Kossuth l. u. 14-16.
1053 Budapest
harmattan@harmattan.hu

L'Harmattan Sénégal
10 VDN SICAP AMITIE 3
BP 45034 Dakar-Fann
direction@senharmattan.com

L'Harmattan Cameroun
Tsinga/Derrière polyclinique FECAFOOT
BP 11486 Yaoundé
Jacques.koukam@harmattan.fr

L'Harmattan Burkina Faso
Villa 281, secteur 23 623, rue 14.32
Ouagadougou
zagbie@outlook.fr

L'Harmattan Guinée
Almamya, rue KA 028 OKB Agency
BP 3470 Conakry
harmattanguinee@yahoo.fr

L'Harmattan RDC
185, avenue Nyangwe
Commune de Lingwala – Kinshasa
matangilamusadila@yahoo.fr

L'Harmattan Congo
219, avenue Nelson Mandela
BP 2874 Brazzaville
deunovmikhael@gmail.com

L'Harmattan Mali
Immeuble Mgr Jean Marie Cissé
Aci Hamadallaye
BP 145 Bamako
syllaka@yahoo.fr

L'Harmattan Togo
Djidjole – Maison Amela
face EPP BATOME
02 BP 20680 Lomé
didieramela11@gmail.com

L'Harmattan Côte d'Ivoire
Résidence Karl – Cité des Arts
Abidjan-Cocody
03 BP 1588 Abidjan
harmattan.ivoire@gmail.com

L'Harmattan Bénin
Rue 604, (Immeuble à l'entrée
de la rue UCAO- Cite de Saint-Jean)
Cotonou
stepcorpus@gmail.com

Nos librairies en France

Librairie internationale
16, rue des Écoles
75005 Paris
librairie.internationale@harmattan.fr
01 40 46 79 11
www.librairieharmattan.com

Librairie des savoirs
21, rue des Écoles
75005 Paris
librairie.sh@harmattan.fr
01 46 34 13 71
www.librairieharmattansh.com